会 讲 故 事 的 童 书

大家经典
·导读·

谢冕
主 编
泰斗级北大教授
文学理论家

解玺璋
副主编
知名学者、文艺评论家

徐志摩

作品精读

徐志摩 — 著

读者出版社

图书在版编目（CIP）数据

徐志摩作品精读 / 徐志摩著. -- 兰州 ：读者出版
社，2023.11
（大家经典导读 / 谢冕，解玺璋主编）
ISBN 978-7-5527-0770-0

Ⅰ. ①徐… Ⅱ. ①徐… Ⅲ. ①徐志摩（1896-1931）
-文学欣赏 Ⅳ. ①I206.6

中国国家版本馆CIP数据核字（2023）第196085号

大家经典导读·徐志摩作品精读

谢　冕　主编
解玺璋　副主编
徐志摩　著

总 策 划　禹成豪　曹文静
责任编辑　王宇娇
封面设计　万　聪

出版发行　读者出版社
地　　址　兰州市城关区读者大道568号（730030）
邮　　箱　readerpress@163.com
电　　话　0931-2131529（编辑部）　0931-2131507（发行部）

印　　刷　天津鑫旭阳印刷有限公司
规　　格　开本880毫米×1230毫米　1/32
　　　　　印张8.5　字数183千
版　　次　2023年11月第1版
　　　　　2023年11月第1次印刷
书　　号　ISBN 978-7-5527-0770-0
定　　价　49.80元

目 录

徐志摩作品精读

◆ 注：文中标注波浪线文字为佳句欣赏

诗歌篇

◆ 轻盈、潇洒的雪花，浪漫、温存的爱意。当在空中和在地上的方向都已确定，雪花和爱河中的人便都义无反顾，奔向心中所爱。

雪花的快乐

1924年徐志摩爱上了富有才情的陆小曼,同年12月30日写下了这首诗,诗人借雪花自喻,唱响他对爱与美的追求。轻盈、潇洒的雪花,代表着浪漫、温存的爱意,当在空中和在地上的方向都已确定,雪花和爱河中的人便都义无反顾,奔向心中所爱。《雪花的快乐》整首诗热烈而清新,真挚又自然,诗句节奏鲜明,一咏三叹,最后两节中的"她"既象征着心上人,也可理解为诗人心中所向往的自由与理想。

假如我是一朵雪花,

翩翩地在半空里潇洒,

我一定认清我的方向——

飞扬,飞扬,飞扬——

这地面上有我的方向。

不去那冷寞的幽谷，
不去那凄清的山麓，
也不上荒街去惆怅——
飞扬，飞扬，飞扬——
你看，我有我的方向！

在半空里娟娟地飞舞，
认明了那清幽的住处，
等着她来花园里探望——
飞扬，飞扬，飞扬——
啊，她身上有朱砂梅的清香！

那时我凭借我的身轻，
盈盈地，沾住了她的衣襟，
贴近她柔波似的心胸——
消融，消融，消融——
溶入了她柔波似的心胸！

写于1924年12月30日。1925年1月17日

《现代评论》第1卷第6期

读 与 思

　　有人说本诗的韵律是"大自然的音籁，灵魂的交响"，反复出现的"飞扬，飞扬，飞扬"给人以轻快的感受和向上的激情；"消融，消融，消融"带给人的则是舒缓和灵动，你还在哪些诗歌中见过这种反复的手法，诗中又包含着哪些富有动感的意象？试着找出来，一起品味现代诗和谐的音韵美吧。

翡冷翠的一夜

"翡冷翠"是指意大利的城市佛罗伦萨。诗人徐志摩站在陆小曼的角度，以弱女子的口吻，书写了奔腾如水的爱情，用细腻的笔触展现了爱人陆小曼在他游历欧洲时的各种错综复杂的情感变幻，抒写出浓烈而执着的爱情，情到深处，为情所困，为情所死，无怨无悔。诗中的心理活动自然流露，主人公的思绪与感触用细致的细节描绘而出，通篇近乎喃喃自语的独白，又似一种平白真切的剖心倾诉，使这首诗亲切真实如在眼前，低回萦绕如在耳畔。

你真的走了，明天？那我，那我……
你也不用管，迟早有那一天；
你愿意记着我，就记着我，
要不然趁早忘了这世界上

有我，省得想起时空着恼，

只当是一个梦，一个幻想；

只当是前天我们见的残红，

怯怜怜地在风前抖搂，一瓣，

两瓣，落地，叫人踩，变泥……

唉，叫人踩，变泥——变了泥倒干净，

这半死不活的才叫是受罪，

看着寒伧，累赘，叫人白眼——

天呀！你何苦来，你何苦来……

我可忘不了你，那一天你来，

就比如黑暗的前途见了光彩，

你是我的先生，我爱，我的恩人，

你教给我什么是生命，什么是爱，

你惊醒我的昏迷，偿还我的天真。

没有你我哪知道天是高，草是青？

你摸摸我的心，它这下跳得多快；

再摸我的脸，烧得多焦，亏这夜黑

看不见；爱，我气都喘不过来了，

别亲我了；我受不住这烈火似的活，

这阵子我的灵魂就像是火砖上的

熟铁，在爱的槌子下，砸，砸，火花

四散地飞洒……我晕了，抱着我，

爱，就让我在这儿清静的园内，

闭着眼，死在你的胸前，多美！

头顶白杨树上的风声，沙沙的，

算是我的丧歌，这一阵清风，

橄榄林里吹来的，带着石榴花香，

就带了我的灵魂走，还有那萤火，

多情的殷勤的萤火，有他们照路，

我到了那三环洞的桥上再停步，

听你在这儿抱着我半暖的身体，

悲声地叫我，亲我，摇我，……

我就微笑地再跟着清风走，

随他领着我，天堂，地狱，哪儿都成，

反正丢了这可厌的人生，实现这死

在爱里，这爱中心的死，不强如

五百次的投生？……自私，我知道，

可我也管不着……你伴着我死？

什么，不成双就不是完全的"爱死"，

要飞升也得两对翅膀儿打伙，

进了天堂还不一样地得照顾，

我少不了你，你也不能没有我；

要是地狱，我单身去你更不放心，

你说地狱不定比这世界文明

（虽则我不信，）像我这娇嫩的花朵，

难保不再遭风暴，不叫雨打，

那时候我喊你，你也听不分明——

那不是求解脱反投进了泥坑，

倒叫冷眼的鬼串通了冷心的人，

笑我的命运，笑你懦怯的粗心？

这话也有理，那叫我怎么办呢？

活着难，太难，就死也不得自由，

我又不愿你为我牺牲你的前程……

唉！你说还是活着等，等那一天！

有那一天吗？——你在，就是我的信心；

可是天亮你就得走，你真的忍心

丢了我走？我又不能留你，这是命；

但这花，没阳光晒，没甘露浸，

不死也不免瓣尖儿焦萎，多可怜！

你不能忘我，爱，除了在你的心里，

我再没有命；是，我听你的话，我等，

等铁树儿开花我也得耐心等；

爱，你永远是我头顶的一颗明星：

要是不幸死了，我就变一个萤火，

在这园里，挨着草根，暗沉沉地飞，

黄昏飞到半夜，半夜飞到天明，

只愿天空不生云，我望得见天，

天上那颗不变的大星，那是你，

但愿你为我多放光明，隔着夜，

隔着天，通着恋爱的灵犀一点……

一九二五年六月十一日

读 与 思

　　这首诗一共七十四行，充满了别离的愁绪、重逢的期盼、恋爱的快乐等复杂的思绪。你能按照情感的变化来把诗歌分出几个层次吗？生死的痛苦只有爱才能抚平，你感受到了这炙热的情感的力量了吗？

我等候你

导读提示

❖❖❖

　　是什么能让人成为一座不能自主沉浮的岛？是什么能让人卑微到做一名囚犯，做地穴里的鼠、一条虫？做一名上了死线的士兵？是爱情，是陷入爱情中的等候者。在等候的每一分每一秒，是煎熬，又是幸福。徐志摩在《我等候你》中让我们不禁感叹，陷入爱情中的诗人，又怎一个"痴"字了得？

我等候你。

我望着户外的昏黄

如同望着将来，

我的心震盲了我的听。

你怎还不来？希望

在每一秒钟上允许开花。

我守候着你的步履，

你的笑语，你的脸，

你的柔软的发丝，

守候着你的一切；

希望在每一秒钟上

枯死——你在哪里？

我要你，要得我心里生痛，

我要你的火焰似的笑，

要你灵活的腰身，

你的发上眼角的飞星；

我陷落在迷醉的氛围中，

像一座岛，

在蟒绿的海涛间，不自主地在浮沉……

喔，我迫切地想望

你的来临，想望

那一朵神奇的优昙

开上时间的顶尖！

你为什么不来，忍心的？

你明知道，我知道你知道，

你这不来于我是致命的一击，

打死我生命中午放的阳春，

教坚实如矿里的铁的黑暗,

压迫我的思想与呼吸;

打死可怜的希冀的嫩芽,

把我,囚犯似的,交付给

妒与愁苦,生的羞惭

与绝望的惨酷。

这也许是痴。竟许是痴。

我信我确然是痴;

但我不能转拨一支已然定向的舵,

万方的风息都不容许我犹豫——

我不能回头,命运驱策着我!

我也知道这多半是走向

毁灭的路;但

为了你,为了你

我什么也都甘愿;

这不仅我的热情,

我的仅有的理性亦如此说。

痴!想磔碎一个生命的纤微

为要感动一个女人的心!

想博得的,能博得的,至多是

她的一滴泪,

她的一阵心酸

竟许一半声漠然的冷笑；

但我也甘愿，即使

我粉身的消息传到

她的心里如同传给

一块顽石，她把我看作

一只地穴里的鼠，一条虫，

我还是甘愿！

疑到了真，是无条件的，

上帝他也无法调回一个

痴定了的心，如同一个将军

有时调回已上死线的士兵。

枉然，一切都是枉然，

你的不来是不容否认的实在，

虽则我心里烧着泼旺的火，

饥渴着你的一切，

你的发，你的笑，你的手脚；

任何的痴想与祈祷

不能缩短一小寸

你我间的距离！

户外的昏黄已然

凝聚成夜的乌黑，

树枝上挂着冰雪，

鸟雀们典去了它们的啁啾，

沉默是这一致穿孝的宇宙。

钟上的针不断地比着

玄妙的手势，像是指点，

像是同情，像是嘲讽，

每一次到点的打动，我听来是

我自己的心的

活埋的丧钟。

读 与 思

　　痴情者在时间的分钟上开花又枯死，这是一颗等待中的心灵，是洒脱和无奈，是徜徉其中又不能自拔。矛盾的情感在诗中有哪些具体表现？等待中的想象与时间的推移又是怎样虚实相生？不讲究格式和押韵的诗行是怎么分出节拍的呢？真情的自然流露让诗歌更接近散文般自由地抒怀，反复品读，我们将在心灵最深的港湾找到答案。

问
谁

当一个浪漫的理想主义者遭遇残酷现实，当心中所求终不能实现，"坟墓"或许是埋葬一切最好的归处。当不再期盼黎明和日出，当不再拥有希冀和光明，黑暗或许是唯一存在的颜色。这一切要"问谁"？又哪里有答案呢？茅盾曾在《徐志摩论》中说"苦闷愤怒的情感的无关阑的泛滥"。

问谁？啊，这光阴的播弄
向谁去声诉，
在这冻沉沉的深夜，凄风
吹拂她的新墓？

"看守，你须用心地看守，

这活泼的流溪，

莫错过，在这清波里优游，

青脐与红鳍！"

那无声的私语在我的耳边

似曾幽幽地吹嘘——

像秋雾里的远山，半化烟，

在晓风前卷舒。

因此我紧揽着我生命的绳网，

像一个守夜的渔翁，

兢兢地，注视着那无尽流的时光——

私冀有彩鳞掀涌。

但如今，如今只余这破烂的渔网——

嘲讽我的希冀，

我喘息地怅望着不复返的时光：

泪依依的憔悴！

又何况在这黑夜里徘徊：

黑夜似的痛楚：

一个星芒下的黑影凄迷——

流连着一个新墓！

问谁……我不敢怆呼，怕惊扰

这墓底的清淳；

我俯身，我伸手向她搂抱——

啊！这半潮润的新坟！

这惨人的旷野无有边沿，

远处有村火星星，

丛林中有鸱鸮在悍辩——

此地有伤心，只影！

这黑夜，深沉的，环包着大地：

笼罩着你与我——

你，静凄凄地安眠在墓底；

我，在迷醉里摩挲！

正愿天光更不从东方

按时的泛滥：

我便永远依偎着这墓旁——

在沉寂里消幻——

但青曦已在那天边吐露，

苏醒的林鸟，

已在远近间相应地喧呼——

又是一度清晓。

不久，这严冬过去，东风

又来催促青条；

便妆缀这冷落的墓宫，

亦不无花草飘摇。

但为你，我爱，如今永远封禁

在这无情的地下——

我更不盼天光，更无有春信：

我的是无边的黑夜！

读 与 思

　　在阅读整首诗的过程中，你体会到诗人明显的情绪了吗？他又是用哪些意象来表达自己的这种情感呢？有人说这首诗与英国诗人哈代《黑暗中的鸫鸟》非常相似，把两首诗放在一起比较一下，看看有哪些相通之处吧。

石虎胡同七号

还记得《百草园和三味书屋》吗？那里有奇妙无穷的乐趣和难以忘怀的童年。其实我们每个人都有一个"小园庭"，那是一个能听风赏月、悠闲漫步的地方；一个能邂逅美好、促膝谈心的地方；一个能养心强身、迎接晨曦的地方；一个能感受生活，产生记忆的地方……你知道诗人徐志摩心中的这个地方是什么样子吗？让我们一起走进石虎胡同七号院，仔细看一看吧。

我们的小园庭，有时荡漾着无限温柔：

善笑的藤娘，祖酥怀任团团的柿掌绸缪，

百尺的槐翁，在微风中俯身将棠姑抱搂，

黄狗在篱边，守候睡熟的珀儿，它的小友，

小雀儿新制求婚的艳曲，在媚唱无休——

我们的小园庭，有时荡漾着无限温柔。

我们的小园庭，有时淡描着依稀的梦景；

雨过的苍茫与满庭荫绿，织成无声幽冥，

小蛙独坐在残兰的胸前，听隔院蚓鸣，

一片化不尽的雨云，倦展在老槐树顶，

掠檐前作圆形的舞旋，是蝙蝠，还是蜻蜓？

我们的小园庭，有时淡描着依稀的梦景。

我们的小园庭，有时轻喟着一声奈何；

奈何在暴雨时，雨槌下捣烂鲜红无数，

奈何在新秋时，未凋的青叶惆怅地辞树，

奈何在深夜里，月儿乘云艇归去，西墙已度，

远巷薤露的乐音，一阵阵被冷风吹过——

我们的小园庭，有时轻喟着一声奈何。

我们的小园庭，有时沉浸在快乐之中；

雨后的黄昏，满院只美荫，清香与凉风，

大量的塞翁，巨樽在手，塞足直指天空，

一斤，两斤，杯底喝尽，满怀酒欢，满面酒红，

连珠的笑响中，浮沉着神仙似的酒翁——

我们的小园庭，有时沉浸在快乐之中。

读 与 思

　　我们的小园庭，有时荡漾着无限温柔，有时淡描着依稀的梦景，有时轻喟着一声奈何，有时沉浸在快乐之中……这些诗人的感受是能看得到、听得到、闻得到和感触得到的，请调动你的视觉、听觉、嗅觉，打开所有感官，找到这里美好事物的千姿百态吧。你曾生活过的难忘地方或心中梦想的一方乐园又是什么样子的呢？不妨把它写下来。

云游

提导
示读

　　《云游》体现了作者对"爱、自由和美"的追求，还蕴含了对生命的理解和对人生的感悟，呈现出一个绵意幽幽的诗意世界，诗人给"游云"注入了自由和美的特质，将它描绘成"自在""轻盈""翩翩逍遥""愉快""明艳"的美的形象，而将自己塑造成对"游云"无限钦慕、爱恋的"一流涧水"的形象，这首十四行诗，富有音乐美，细腻地写出诗人愉快—失望—领悟的感情变化过程，诗风温柔婉转，值得拜读。

那天你翩翩地在空际云游，
自在，轻盈，你本不想停留
在天的那方或地的那角，
你的愉快是无拦阻的逍遥。

你更不经意在卑微的地面
有一流涧水，虽则你的明艳
在过路时点染了他的空灵，
使他惊醒，将你的情影抱紧。

他抱紧的是绵密的忧愁，
因为美不能在风光中静止；

他要，你已飞渡万重的山头，
去更阔大的湖海投射影子！

他在为你消瘦，那一流涧水，
在无能地盼望，盼望你飞回！

读 与 思

　　这一流涧水，从欣喜，到失望，再到领悟，永远满是期待的。这其实就是我们追寻梦想的过程啊，云和涧水，只是匆匆交汇，却衍生出那么多的美好，生活中我们也要善于观察大自然中的光与影、花与根、风与雪……请大家展开想象，模仿本诗中云和涧水的关系，写几句充满诗意的话吧。

家中的岁月

提示导读

　　这首诗歌可能是诗人写给自己逝去的家人，也可能就是写给自己。本首诗歌名字改了很多次。对于诗意的解读有很多资料，但都需要进一步辩证，每个人都可以有独特的理解。诗歌中出现了很多次"白杨"这个意象，在历代的挽联甚至是墓志铭中都大量出现过这个意象，和生死、冥间、坟墓相关，营造出一种肃杀、凄冷、落寞又寂寥的氛围，也蕴含着诗人对人生意义的哲思，值得关注。

白杨树上一阵鸦啼，

白杨树上叶落纷披，

白杨树下有荒土一堆；

也无有青草，亦无有墓碑；

也无有蛱蝶双飞，
也无有过客依违，
有时点缀荒原的暮霭，
土堆邻近有青磷闪闪。

埋葬了也不得安逸，
髑髅在坟底叹息；
舍手了也不得静谧，
髑髅在坟底饮泣。

破碎的愿望梗塞我的呼吸，
伤禽似的震悸着他的羽翼；
白骨放射着赤色的火焰——
却烧不尽生前的恋与怨。

白杨在西风里无语，摇曳，
孤魂在墓窟的凄凉里寻味：
"从不享，可怜，祭扫的温慰，
再有谁存念我生平的梗概！"

读 与 思

　　诗人借鉴和融合古典诗词的写作手法，在诗歌中运用了很多传统意象，借助白话的语言表达，来体现新诗的特点。由俗而雅，诗意更加清晰明确，情感表达也更为生动、率真。请同学们展开想象，借助学过的古典诗词中的常见意象，为你的青春写一首现代诗，体现你对生命的思考，展现自己"青春的模样"。

破庙

提示·导读

　　这首诗发表于1923年，当时的中国正处于军阀混战、民不聊生的年代，诗人用"破庙"这个意象贯穿全诗。这个破庙是静悄悄的，是昏沉沉的，是冷冰冰的，表达了诗人复杂的情绪——孤独、恐惧、无助又迷茫。可是无论外在的环境如何恶劣与狰狞，诗歌中的"我"依然躲进了这座破庙，这里再残破也是他的避风港湾。诗人善于用象征的手法，把深藏在内心的感受多角度、多层次地抒发出来。诗歌最后写道"千年万年应该过了""血红的太阳"，又充分展现出一个心系祖国，对祖国的未来依然充满无限希望的文人形象。

慌张的急雨将我

赶入了黑丛丛的山坳，

迫近我头顶在腾拿。

恶狠狠的乌龙巨爪；
枣树兀兀地隐蔽着
一座静悄悄的破庙，
我满身的雨点雨块，
躲进了昏沉沉的破庙；

雷雨越发来得大了：
霍隆隆半天里霹雳，
豁喇喇林叶树根苗，
山谷山石，一齐怒号，
千万条的金剪金蛇，
飞入阴森森的破庙，
我浑身战抖，趁电光
估量这冷冰冰的破庙；

我禁不住大声喊叫，
电光火把似的照耀。
照出我身旁神龛里
一个青面狞笑的神道，
电光去了，霹雳又到，
不见了狞笑的神道，
硬雨石块似的倒泻——

我独身藏躲在破庙；

千年万年应该过了！
只觉得浑身的毛窍，
只听得骇人的怪叫，
只记得那凶恶的神道，
忘记了我现在的破庙；
好容易雨收了，雷休了，
血红的太阳，满天照耀，
照出一个我，一座破庙！

读 与 思

　　读了诗人的《破庙》，你是否对当时的历史背景有了新的了解和认知？你是否能够深切地体会到破庙这个看似没有生命的建筑，却饱含着深刻的内涵，夹杂着诗人复杂的情感？在你的人生经历中，也会有这样一个"避风港"吧！请你尝试运用象征手法，给你心中的一个地方写一首诗歌，记录下你的真实感受。

留别日本

提示导读

1924年，诗人泰戈尔访问日本，徐志摩随泰戈尔一同赴日。在日本，徐志摩有感于日本存留的盛唐遗风，而写了这篇《留别日本》。诗歌中的"古唐时的壮健""洛邑的月色""长安的阳光"是对盛唐古典文化的追忆。诗歌的结尾"优美的扶桑"让人印象深刻，表达了诗人深埋心中的强国梦想，体现了诗人面对当时中国的社会问题产生的深深忧虑，加深了对祖国命运的担忧和惆怅。这首诗有诗人博爱精神的体现，但具有一定的片面性和局限性，要辩证思考。

我惭愧我来自古文明的乡国，
我惭愧我脉管中有古先民的遗血，
我惭愧扬子江的流波如今浑浊，

我惭愧——我面对着富士山的清越！

古唐时的壮健常萦我的梦想：

那时洛邑的月色，那时长安的阳光；

那时蜀道的啼猿，那时巫峡的涛响；

更有那哀怨的琵琶，在深夜的浔阳！

但这千余年的痿痹，千余年的懵懂：

更无从辨认——当初华族的优美，从容！

摧残这生命的艺术，是何处来的狂风？——

缅念那遍中原的白骨，我不能无恫！

我是一枚漂泊的黄叶，在旋风里漂泊，

回想所从来的巨干，如今枯秃；

我是一颗不幸的水滴，在泥潭里匍匐——

但这干涸了的涧身，亦曾有水流活泼。

我欲化一阵春风，一阵吹嘘生命的春风，

催促那寂寞的大木，惊破他深长的迷梦；

我要一把倔强的铁锹，铲除淤塞与臃肿，

开放那伟大的潜流，又一度在宇宙间汹涌。

为此我羡慕这岛民依旧保持着往古的风尚，

在朴素的乡间想见古社会的雅驯，清洁，壮旷；

我不敢不祈祷古家邦的重光，但同时我愿望——

愿东方的朝霞永葆扶桑的优美，优美的扶桑！

读 与 思

结合诗人的个人经历和创作背景，对这位绅士文人的独特观点，你是否同意？品读这首诗歌有没有当下的价值？在你的人生经历中，你也有很多留恋不舍的地方，留存着很多美好的回忆，不论是自然风景，还是人文景观，请你选择印象最深的一个地方，用诗意的语言表达你的留别之情。

康桥，再会吧！

提导读示

　　诗人即将离开英国，就在返国前夕，写下了这首诗，表现了他对康桥难舍难分的依恋之情。诗歌中意象繁多，情景交融，表达着诗人对纯美的向往。康桥是诗人遇到的"知己"，是他精神的故乡，字里行间都溢满了他对康桥的欣赏与赞美。一个人如此地眷恋某个地方，所写的文字也会有了温度，有了情，是心灵的交会，更加体现出诗人对美、爱与和谐的追求。这首诗值得反复品味。

康桥，再会吧；

我心头盛满了别离的情绪，

你是我难得的知己，我当年

辞别家乡父母，登太平洋去，

（算来一秋二秋，已过了四度

春秋，浪迹在海外，美土欧洲）

扶桑风色，檀香山芭蕉况味，

平波大海，开拓我心胸神意，

如今都变了梦里的山河，

渺茫明灭，在我灵府的底里；

我母亲临别的泪痕，她弱手

向波轮远去送爱儿的巾色，

海风咸味：海鸟依恋的雅意，

尽是我记忆的珍藏，我每次

摩按，总不免心酸泪落，便想

理箧归家，重向母怀中匍伏，

回复我天伦挚爱的幸福；

我每想人生多少跋涉劳苦，

多少牺牲，都只是枉费无补，

我四载奔波，称名求学，毕竟

在知识道上，采得几茎花草，

在真理山中，爬上几个峰腰，

钧天妙乐，曾否闻得，彩红色，

可仍记得？——但我如何能回答？

我但自喜楼高车快的文明，

不曾将我的心灵污抹，今日

我对此古风古色，桥影藻密，

依然能袒胸相见，惺惺惜别。

康桥，再会吧！

你我相知虽迟，然这一年中

我心灵革命的怒潮，尽冲泻

在你妩媚河身的两岸，此后

清风明月夜，当照见我情热

狂溢的旧痕，尚留草底桥边，

明年燕子归来，当记我幽叹

音节，歌吟声息，缦烂的云纹

霞彩，应反映我的思想情感，

此日撒向天空的恋意诗心，

赞颂穆静腾辉的晚景，清晨

富丽的温柔；听！那和缓的钟声

解释了新秋凉绪，旅人别意，

我精魂腾跃，满想化入音波，

震天彻地，弥盖我爱的康桥，

如慈母之于睡儿，缓抱软吻；

康桥！汝永为我精神依恋之乡！

此去身虽万里，梦魂必常绕

汝左右，任地中海疾风东指，

我亦必纡道西回，瞻望颜色；

归家后我母若问海外交好，

我必首数康桥；在温清冬夜

蜡梅前，再细辨此日相与况味；

设如我星明有福，素愿竟酬，

则来春花香时节，当复西航，

重来此地，再捡起诗针诗线，

绣我理想生命的鲜花，实现

年来梦境缠绵的销魂踪迹，

散香柔韵节，增媚河上风流；

故我别意虽深，我愿望亦密，

昨宵明月照林，我已向倾吐

心胸的蕴积，今晨雨色凄清，

小鸟无欢，难道也为是怅别

情深，累藤长草茂，涕泪交零！

康桥！山中有黄金，天上有明星，

人生至宝是情爱交感，即使

山中金尽，天上星散，同情还

永远是宇宙间不尽的黄金，

不昧的明星；赖你和悦宁静

的环境，和圣洁欢乐的光阴，

我心我智，方始经爬梳洗涤，

灵苗随春草怒生，沐日月光辉，

听自然音乐，哺啜古今不朽

——强半汝亲栽育——的文艺精英；

恍登万丈高峰，猛回头惊见

真善美浩瀚的光华，覆翼在

人道蠕动的下界，朗然照出

生命的经纬脉络，血赤金黄，

尽是爱主恋神的辛勤手迹；

康桥！你岂非是我生命的泉源？

你惠我珍品，数不胜数；最难忘

骞士德顿桥下的星磷坝乐，

弹舞殷勤，我常夜半凭阑干，

倾听牧地黑野中倦牛夜嚼，

水草间鱼跃虫嘻，轻挑静寞；

难忘春阳晚照，泼翻一海纯金，

淹没了寺塔钟楼，长垣短堞，

千百家屋顶烟突，白水青田，

难忘茂林中老树纵横；巨干上

黛薄茶青，却教斜刺的朝霞，

抹上些微胭脂春意，忸怩神色；

难忘七月的黄昏，远树凝寂，

像墨泼的山形，衬出轻柔暝色，

密稠稠，七分鹅黄，三分橘绿，

那妙意只可去秋梦边缘捕捉；

难忘榆荫中深宵清唳的诗禽，

一腔情热，教玫瑰噙泪点首，

满天星环舞幽吟，款住远近

浪漫的梦魂，深深迷恋香境；

难忘村里姑娘的腮红颈白；

难忘屏绣康河的垂柳婆娑……

娜娜的克莱亚，硕美的校友居；

——但我如何能尽数，总之此地

人天妙合，虽微如寸芥残垣，

亦不乏纯美精神：流贯其间，

而此精神，正如宛次宛士❶所谓

"通我血液，浃我心脏"，

---

❶ 即华兹华斯，英国浪漫主义诗人。

有"镇驯矫饬之功";

我此去虽归乡土,

而临行怫怫,转若离家赴远;

康桥!我故里闻此,能弗怨汝

僭爱,然我自有谠言代汝答付;

我今去了,记好明春新杨梅

上市时节,盼望我含笑归来,

再见吧,我爱的康桥!

读与思

  康桥是诗人心中的纯洁之地。他曾说"我的眼是康桥教我睁的,我的求知欲是康桥给我拨动的,我的自我意识是康桥给我胚胎的",可见,康桥对诗人的深远影响。相信每位同学都读过诗人的另一篇经典之作《再别康桥》,试着将两首诗歌从意象、意境、情感上进行鉴赏,写一写它们的异同,你会有更多的收获。

散文篇

◆ 在初夏阳光渐暖时你去买一只小船，划去桥边荫下躺着念你的书或是做你的梦，槐花香在水面上漂浮，鱼群的唼喋声在你的耳边挑逗。

我所知道的康桥（节选）

导读提示

徐志摩与康桥的缘分汇聚于三个时间点。第一次是1921—1922年，他从美国来到剑桥大学研究院进修。剑桥大学所体现的英式文明，形成了他所向往、所追求的"康桥理想"。第二次是1925年4月重游，归国后就写下了本篇散文《我所知道的康桥》，表达了对剑桥的深深依恋之情。第三次是1928年造访令他魂牵梦萦的康桥之后，于11月6日在归国途中的轮船上完成经典诗歌《再别康桥》。正如他曾说的，康桥是他"生命的源泉""精神的依恋之乡"。

这河身的两岸都是四季常青最葱翠的草坪。从校友居的楼上望去，对岸草场上，不论早晚，永远有十数匹黄牛与白马，胫蹄没在恣蔓的草丛中，从容地在咬嚼，星星的黄花在风中动荡，应和着它们尾鬃的扫拂。桥的两端有斜倚的垂柳与椭荫护住。水是澈底的清澄，深不足四尺，匀匀地长着长条的水草。这岸边的草坪又是我的爱宠，在清朝，在傍晚，我常去这天然的织锦上坐地，有时读书，有时看水，有时仰卧着看天空的行云，有时反仆着搂抱大地的温软。

但河上的风流还不止两岸的秀丽。你得买船去玩。船不止一种：有普通的双桨划船，有轻快的薄皮舟，有最别致的长形撑篙船。最末的一种是别处不常有的：约莫有二丈长，三尺宽，你站直在船艄上用长竿撑着走的。这撑是一种技术。我手脚太蠢，始终不曾学会。你初起手尝试时，容易把船身横住在河中，东颠西撞的狼狈。英国人是不轻易开口笑人的，但是小心他们不出声地颦眉！也不知有多少次河中本来悠闲的秩序叫我这莽撞的外行给搅乱了。我真的始终不曾学会；每回我不服输跑去租船再试的时候，有一个白胡子的船家往往带讥讽地对我说："先生，这撑船费劲，天热累人，还是拿个薄皮舟遛遛吧！"我哪里肯听话，长篙子一点就把船撑了开去，结果还是把河身一段段地腰斩了去！

你站在桥上去看人家撑，那多不费劲，多美！尤其在礼拜天有几个专家的女郎，穿一身缟素衣服，裙裾在风前悠悠地飘着，戴一顶宽边的薄纱帽，帽影在水草间颤动，你看她们出桥洞时的姿态，捻起一根竟像没分量的长竿，只轻轻地，不经心地往波心里一点，身子微微地一蹲，这船身便波地转出了桥影，翠条鱼似的向前滑了去。她们那敏捷，那闲暇，那轻盈，真是值得歌咏的。

在初夏阳光渐暖时你去买一只小船，划去桥边荫下躺着念你的书或是做你的梦，槐花香在水面上漂浮，鱼群的唼喋声在你的耳边挑逗。或是在初秋的黄昏，近着新月的寒光，往上流僻静处远去。爱热闹的少年们携着他们的女友，在船沿上支着双双的东洋彩纸灯，带着话匣子，船心里用软垫铺着，也开向无人迹处去享他们的野福——谁不爱听那水底翻的音乐在静定的河上描写梦意与春光！

住惯城市的人不易知道季候的变迁。看见叶子掉知道是秋，看见叶子绿知道是春；天冷了装炉子，天热了拆炉子；脱下棉袍，换上夹袍，脱下夹袍，穿上单袍；不过如此罢了。天上星斗的消息，地下泥土里的消息，空中风吹的消息，都不关我们的事。忙着呐，这样那样事情多着，谁耐烦管星星的移转，花草的消长，风云的变幻？同时我们抱怨我们的生活，苦痛，烦闷，拘束，枯燥，谁肯承认做人是快乐？谁不多少间咒诅人生？

但不满意的生活大都是自取的。我是一个生命的信仰者，我信生活绝不是我们大多数人仅仅从自身经验推得的那样暗惨。我们的病根是在"忘本"。人是自然的产儿，就比枝头的花与鸟是自然的产儿；但我们不幸是文明人，入世深似一天，离自然远似一天。离开了泥土的花草，离开了水的鱼，能快活吗？能生存吗？从大自然，我们取得我们的生命；从大自然，我们应分取得我们继续的滋养。哪一株婆娑的大木没有盘错的根柢深入在无尽藏的地里？我们是永远不能独立的。有幸福是永远不离母亲抚育的孩子，有健康是永远接近自然的人们。不必一定与鹿豕游，不必一定回"洞府"去；为医治我们当前生活的枯窘，只要"不完全遗忘自然"一张轻淡的药方，我们的病象就有缓和的希望。在青草里打几个滚，到海水里洗几次浴，到高处去看几次朝霞与晚照——你肩背上的负担就会轻松了去的。

这是极肤浅的道理，当然。但我要没有过过康桥的日子，我就不会有这样的自信。我这一辈子就只那一春，说也可怜，算是不曾虚度。就只那一春，我的生活是自然的，是真愉快的！（虽则碰巧那也是我最感受人生痛苦的时期。）我那时有的是闲暇，有的是自由，有的是绝对单独的机会。说也奇怪，竟像是第一次，我辨认了星月的光明、草的青、花的香、流水的殷勤。我能忘记那初春的睥睨吗？曾经有多少个清晨，我独自冒着冷去薄霜铺地的林子里闲步——为听鸟语，为盼朝阳，为寻泥土里渐次苏醒的花草，为体会最微细、最神妙的春信。啊，那是新来的画眉在那边调不尽的青枝上试它的新声！啊，这是第一朵小雪球花挣出了半冻的地面！啊，这不是新来的潮润沾上了寂寞的柳条？

静极了，这朝来水溶溶的大道，只远处牛奶车的铃声，点缀这周遭的沉默。顺着这大道走去，走到尽头，再转入林子里的小径，往烟雾浓密处走去，头顶是交枝的榆荫，透露着漠楞楞的曙色；再往前走去，走尽这林子，当前是平坦的原野，望见了村舍，初青的麦田，更远三两个馒形的小山掩住了一条通道。天边是雾茫茫的，尖尖的黑影是近村的教寺。听，那晓钟和缓的清音。这一带是此邦中部的平原，地形像是海里的轻波，默沉沉地起伏；山岭是望不见的，有的是常青的草原与沃腴的田壤。登那土阜上望去，康桥只是一带茂林，拥戴着几处娉婷的尖阁。妩媚的康河也望不见踪迹，你只能循着那锦带似的林木想象那一流清浅。村舍与树林是这地盘上的棋子，有村舍处有佳荫，有佳荫处有村舍。这早起是看炊烟的时辰：朝雾渐渐地升起，揭开了这灰苍苍的天幕（最好是微霰后的光景），远近的炊烟，成丝的，成缕的，成卷的，轻快的，迟重的，浓灰的，淡青的，惨白的，在静定的朝气里渐渐地上腾，渐渐地不见，仿佛是朝来人们的祈祷，参差地翳入了天听。朝阳是难得见的，这初春的天气。但它来时是起早人莫大的愉快。顷刻间，这田野添深了颜色，一

层轻纱似的金粉糁❶上了这草、这树、这通道、这庄舍。顷刻间，这周遭弥漫了清晨富丽的温柔。顷刻间，你的心怀也丰润了白天诞生的光荣。"春！"这胜利的晴空仿佛在你的耳边私语。"春！"你那快活的灵魂也仿佛在那里回响。

……

伺候着河上的风光，这春来一天有一天的消息。关心石上的苔痕，关心败草里的花鲜，关心这水流的缓急，关心水草的滋长，关心天上的云霞，关心新来的鸟语。怯怜怜的小雪球是探春信的小使。铃兰与香草是欢喜的初声。窈窕的莲馨，玲珑的石水仙，爱热闹的克罗克斯，耐辛苦的蒲公英与雏菊——这时候春光已是缦烂在人间，更不须殷勤问讯。

瑰丽的春放。这是你野游的时期。可爱的路政，这里不比中国，哪一处不是坦荡荡的大道？徒步是一个愉快，但骑自转车❷是一个更大的愉快。在康桥骑车是普遍的技术；妇人，稚子，老翁，一致享受这双轮舞的快乐。（在康桥听说自转车是不怕人偷的，就为人人都自己有车，没人要偷。）任你选一个方向，任你上一条通道，顺着这带草味的和风，放轮远去，保管你这半天的逍遥是你性灵的补剂。这道上有的是清荫与美草，随地都可以供你休憩。你如爱花，这里多的是锦绣似的草

原。你如爱鸟，这里多的是巧啭❶的鸣禽。你如爱儿童，这乡间到处是可亲的稚子。你如爱人情，这里多的是不嫌远客的乡人，你到处可以"挂单"借宿，有酪浆与嫩薯供你饱餐，有夺目的果鲜恣你尝新。你如爱酒，这乡间每"望"都为你储有上好的新酿，黑啤如太浓，苹果酒、姜酒都是供你解渴润肺的……带一卷书，走十里路，选一块清静地，看天，听鸟，读书，倦了时，和身在草绵绵处寻梦去——你能想象更适情、更适性的消遣吗？

陆放翁有一联诗句："传呼快马迎新月，却上轻舆趁晚凉"；这是做地方官的风流。我在康桥时虽没马骑，没轿子坐，却也有我的风流：我常常在夕阳西晒时骑了车迎着天边扁大的日头直追。日头是追不到的，我没有夸父的荒诞，但晚景的温存却被我这样偷尝了不少。有三两幅书画似的经验至今还是栩栩地留着。只说看夕阳，我们平常只知道登山或是临海，但实际只需辽阔的天际，平地上的晚霞有时也是一样的神奇。有一次我赶到一个地方，手把着一家村庄的篱笆，隔着一大田的麦浪，看西天的变幻。有一次是正冲着一条宽广的大道，过来一大群羊，放草归来的，偌大的太阳在它们后背放射着万缕的金辉，天上却是乌青青的，只剩这不可逼视的威光中的一条大路、一群生物！我心头顿时感着神异性的压迫，我真的跪下

---

❶ 指写婉转地鸣叫。

了，对着这冉冉渐翳的金光。再有一次是更不可忘的奇景，那是临着一大片望不到头的草原，满开着艳红的花，在青草里亭亭的，像是万盏的金灯，阳光从褐色云里斜着过来，幻成一种异样的紫色，透明似的不可逼视，刹那间在我迷眩了的视觉中，这草田变成了……不说也罢，说来你们也是不信的！

一别两年多了，康桥，谁知我这思乡的隐忧？也不想别的，我只要那晚钟撼动的黄昏，没遮拦的田野，独自斜倚在软草里，看第一个大星在天边出现！

一九二六年一月十五日

读 与 思

康桥是大自然赋予作者的礼物，无论是在河上撑船，抑或在乡间小路骑自行车，都有最自然的美丽让生活充满灵性。在青翠草原的柔波中阅读，在丰腴的田壤里野游，棋子般的村舍和树林是多么令人神往！人类本身就是自然的产物，没有比回归自然更适情、更适性的消遣，回到自然的怀抱才能找寻到心灵的净土。你如何理解作者的"且认他乡作故乡"呢？

翡冷翠山居闲话

提导
示读

大自然是最伟大的一部书，"只要你认识了这一部书，你在这世界上寂寞时便不寂寞，穷困时不穷困，苦恼时有安慰，挫折时有鼓励，软弱时有督责，迷失时有南针"。正如苏轼在《赤壁赋》中所言，"惟江上之清风与山间之明月，耳得之而为声，目遇之而成色"。远离城市的喧嚣与热闹，一个人在山中漫游，忘却一切现实的烦恼与忧愁，与大自然同频共振，才能找回最淳朴的天真。

在这里出门散步去，上山或是下山，在一个晴好的五月的向晚，正像是去赴一个美的宴会，比如去一果子园，那边每株树上都是满挂着诗情最秀逸的果实，假如你单是站着看还不满意时，只要你一伸手就可以采取，可以恣尝鲜味，足够你性灵的迷醉。阳光正好暖和，决不过暖；风息是温驯的，而且往

往因为它是从繁花的山林里吹度过来，它带来一股幽远的澹❶香，连着一息滋润的水汽，摩挲着你的颜面，轻绕着你的肩腰，就这单纯的呼吸已是无穷的愉快；空气总是明净的，近谷内不生烟，远山上不起霭，那美秀风景的全部正像画片似的展露在你的眼前，供你闲暇地鉴赏。

作客山中的妙处，尤在你永不须踌躇你的服色与体态；你不妨摇曳着一头的蓬草，不妨纵容你满腮的苔藓；你爱穿什么就穿什么；扮一个牧童，扮一个渔翁，装一个农夫，装一个

---

❶ 同"淡"。——编者注

走江湖的桀卜闪❶，装一个猎户；你再不必提心整理你的领结，你尽可以不用领结，给你的颈根与胸膛一半日的自由，你可以拿一条这边艳色的长巾包在你的头上，或是拜伦那埃及装的姿态；但最要紧的是穿上你最旧的旧鞋，别管它模样不佳，它们是顶可爱的好友，它们承着你的体重，却不叫你记起你还有一双脚在你的底下。

　　这样的玩顶好是不要约伴，我竟想严格地取缔，只许你独身；因为有了伴多少总得叫你分心，尤其是年轻的女伴，那是最危险不过的旅伴，你应得躲避她像你躲避青草里一条美丽的花蛇！平常我们从自己家里走到朋友的家里，或是我们执事的地方，那无非是在同一个大牢里从一间狱室移到另一间狱室去，拘束永远跟着我们，自由永远寻不到我们；但在这春夏间美秀的山中或乡间，你要是有机会独身闲逛时，那才是你福星高照的时候，那才是你实际领受、亲口尝味自由与自在的时候，那才是你肉体与灵魂行动一致的时候；朋友们，我们多长一岁年纪往往只是加重我们头上的枷，加紧我们脚胫上的链，我们见小孩子在草里、在沙堆里、在浅水里打滚作乐，或是看见小猫追他自己的尾巴，何尝没有羡慕的时候，但我们的枷，我们的链永远是制定我们行动的上司！所以只有你单身奔赴大自然的怀抱时，像一个裸体的小孩扑入他母亲的怀抱时，你才

---

❶ 现在一般译作"吉卜赛人"，一个游牧民族。——编者注

知道灵魂的愉快是怎样的，单是活着的快乐是怎样的，单就呼吸、单就走道、单就张眼看耸耳听的幸福是怎样的。因此你得严格地为己、极端地自私，只许你，体魄与性灵，与自然同在一个脉搏里跳动，同在一个音波里起伏，同在一个神奇的宇宙里自得。我们浑朴的天真是像含羞草似的娇柔，一经同伴的抵触，它就卷了起来，但在澄静的日光下、和风中，它的姿态是自然的，它的生活是无阻碍的。

　　你一个人漫游的时候，你就会在青草里坐地仰卧，甚至有时打滚，因为草的和暖的颜色自然地唤起你童稚的活泼；在静僻的道上你就会不自主地狂舞，看着你自己的身影幻出种种诡异的变相，因为道旁树木的阴影在他们纡徐的婆娑里暗示你舞蹈的快乐；你也会得信口地歌唱，偶尔记起断片的音调与你自己随口的小曲，因为树林中的莺燕告诉你春光是应得赞美的；更不必说你的胸襟自然会跟着漫长的山径开拓，你的心地会看着澄蓝的天空静定，你的思想和着山壑间的水声、山罅里的泉响，有时一澄到底的清澈，有时激起成章的波动，流，流，流入凉爽的橄榄林中，流入妩媚的阿诺河去……

　　并且你不但不须应伴，每逢这样的游行，你也不必带书。书是理想的伴侣，但你应得带书，是在火车上，在你住处的客室里，不是在你独身漫步的时候。什么伟大的深沉的鼓舞的清明的优美的思想的根源不是可以在风籁中、云彩里、山势与地形的起伏里、花草的颜色与香息里寻得？自然是最伟大的一部

书，说，在他每一页的字句里我们读得最深奥的消息。并且这书上的文字是人人懂得的；阿尔帕斯❶与五老峰，雪西里与普陀山，莱茵河与扬子江，梨梦湖与西子湖，建兰与琼花，杭州西溪的芦雪与威尼市❷夕照的红潮，百灵与夜莺，更不提一般黄的黄麦，一般紫的紫藤，一般青的青草同在大地上生长，同

❶ 现在一般译作阿尔卑斯，位于欧洲中南部，是欧洲最高的山脉。

❷ 即威尼斯市。

在和风中波动——它们应用的符号是永远一致的，它们的意义是永远明显的，只要你自己性灵上不长疮疤，眼不盲，耳不塞，这无形迹的最高等教育便永远是你的名分，这不取费的最珍贵的补剂便永远供你的受用；只要你认识了这一部书，你在这世界上寂寞时便不寂寞，穷困时不穷困，苦恼时有安慰，挫折时有鼓励，软弱时有督责，迷失时有南针。

一九二五年七月

读 与 思

　　本文描述了徐志摩在意大利文化名城翡冷翠山居时的心境。文章由自然及人生、由自身及他人、由"形"及"神"依次展开，形神兼备，告诉读者只需耳聪目明，性灵健全，就可永远享受大自然带给我们的无限风光。作者用飘逸隽美的笔调为我们描绘了自然纯美的世界，不加雕饰，不受拘束，没有羁绊，表达了他崇拜自然、寄情自然、浪迹自然的内心理想。请试着分析作者是怎样用这五个段落层层展开、逐步构思、浓情渲染的呢？

泰山日出

从古至今，有太多的文人墨客将泰山书写。从杜甫的《望岳》到张养浩的《登泰山》，从姚鼐的《登泰山记》到李健吾的《雨中登泰山》，从小学到高中的课本里我们读到了诸多佳作。1923年9月，《小说月报》第14卷第9号刊上，徐志摩应主编郑振铎之邀，对印度诗人泰戈尔来华发表感想，他将游览胜地所见奇观的震撼巧妙融合于文化交流的历史事件之中，于是我们有机会再睹泰山日出的风采，也领略了作者对大诗人泰戈尔的高度敬仰与赞颂。

振铎来信要我在《小说月报》的"泰戈尔号"上说几句话。我也曾答应了，但这一时游济南、游泰山、游孔陵，太乐了，一时竟拉不拢心思来做整篇的文字，一直挨到现在期限快到，只得勉强坐下来，把我想得到的话不整齐地写出。

我们在泰山顶上看出太阳。航过海的人，看太阳从地平线下爬上来，本不是奇事；而且我个人是曾饱饫过江海与印度洋无比的日彩的。但在高山顶上看日出，尤其在泰山顶上，我们无餍的好奇心，当然盼望一种特异的境界，与平原或海上不同。果然，我们初起时，天还暗沉沉的，西方是一片的铁青，东方些微有些白意，宇宙只是——如用旧词形容——一体莽莽苍苍的。但这是我一面感觉劲烈的晓寒，一面睡眼不曾十分醒豁时的约略的印象。等到留心回览时，我不由得大声地狂叫——因为眼前只是一个见所未见的境界。原来昨夜整夜暴风的工程，却砌成一座普遍的云海。除了日观峰与我们所在的玉皇顶以外，东西南北只是平铺着弥漫的云气，在朝旭未露前，宛似无量数厚毳长绒的绵羊，交颈接背地眠着，卷耳与弯角都依稀辨认得出。那时候在这茫茫的云海中，我独自站在雾霭溟蒙的小岛上，发生了奇异的幻想——

我躯体无限地长大，脚下的山峦比例我的身量，只是一块拳石；这巨人披着散发，长发在风里像一面墨色的大旗，飒飒地在飘荡。这巨人竖立在大地的顶尖上，仰面向着东方，平拓着一双长臂，在盼望，在迎接，在催促，在默默地叫唤；在崇拜，在祈祷，在流泪——在流久慕未见而将见悲喜交互的热泪……

这泪不是空流的，这默祷不是不生显应的。

巨人的手，指向着东方——

东方有的，在展露的，是什么？

东方有的是瑰丽荣华的色彩，东方有的是伟大普照的光明——出现了，到了，在这里了……

玫瑰汁、葡萄浆、紫荆液、玛瑙精、霜枫叶——大量的染工，在层累的云底工作；无数蜿蜒的鱼龙，爬进了苍白色的云堆。

一方的异彩，揭去了满天的睡意，唤醒了四隅的明霞——光明的神驹，在热奋地驰骋……

云海也活了；眠熟了兽形的涛澜，又回复了伟大的呼啸，昂头摇尾地向着我们朝露染青馒形的小岛冲洗，激起了四岸的水沫浪花，震荡着这生命的浮礁，似在报告光明与欢欣之临在……

再看东方——海句力士已经扫荡了他的阻碍，雀屏似的金霞，从无垠的肩上产生，展开在大地的边沿。起……起……用力，用力，纯焰的圆颅，一探再探地跃出了地平，翻登了云背，临照在天空……

歌唱呀，赞美呀，这是东方之复活，这是光明的胜利……

散发祷祝的巨人，他的身彩横亘在无边的云海上，已经渐渐地消翳在普遍的欢欣里；现在他雄浑的颂美的歌声，也已在霞彩变幻中，普彻了四方八隅……

听呀，这普彻的欢声；看呀，这普照的光明！

这是我此时回忆泰山日出时的幻想，亦是我想望泰戈尔来华的颂词。

读 与 思

在《泰山日出》中，作者把抒情主人公"我"幻想成一个立在高山顶端的巨人，形象地书写了"巨人"迎接东方太阳升起时迫不及待而又一往情深的复杂情感。"这巨人竖立在大地的顶尖上，仰面向着东方，平拓着一双长臂，在盼望，在迎接，在催促，在默默地叫唤"，这一系列的动作描写在当时的背景之下有什么寓意呢？同时作者通过奇特的想象、夸张的手法，对日出的壮丽景象做了大量的描绘，化实为虚，更加生动形象地表现了泰山日出给人带来的震撼，请你找出那些浓郁绮丽的色彩和磅礴壮观的描写，在反复诵读中体会作者对日出的礼赞，体会文字的感染力吧。

北戴河海滨的幻想

导读提示

　　这篇选自《落叶》中的散文，初睹题目仿佛是要写北戴河的海滨风光，事实并非如此。这个地点只是为作者提供了一个静思的氛围，他通过描写喧闹来衬托其所得境地的寂静，在热烈中坦露心迹。徐志摩曾说："我是个好动的人……是动，不论是什么性质，就是我的兴趣，我的灵感。是动就会催快我的呼吸，加添我的生命。"动，被他提至生命意义的高度，可见"动"对于徐志摩的重要。然而，该文却对"静"进行了充分的刻画，这其中鲜明的对比似乎能让我们窥见其所幻与所想。

　　他们都到海边去了。我为左眼发炎不曾去。我独坐在前廊，偎坐在一张安适的大椅内，袒着胸怀，赤着脚，一头的散发，不时有风来撩拂。清晨的晴爽，不曾消醒我初起时睡态；但梦思却半被晓风吹断。我阖紧眼帘内视，只见一斑斑消残的颜色，一似晚霞的余赭，留恋地胶附在天边。廊前的马樱、紫荆、藤萝，青翠的叶与鲜红的花，都将他们的妙影映印在水汀上，幻出幽媚的情态无数；我的臂上与胸前，亦满缀了绿荫的斜纹。从树荫的间隙平望，正见海湾：海波亦似被晨曦唤醒，黄蓝相间的波光，在欣然地舞蹈。滩边不时见白涛涌起，迸射着雪样的水花。浴线内点点的小舟与浴客，水禽似的浮着；幼童的欢叫，与水波拍岸声，与潜涛鸣咽声，相间的起伏，竟报一滩的生趣与乐意。但我独坐的廊前，却只是静静的，静静的无甚声响。妩媚的马樱，只是幽幽地微辗着，蝇虫也敛翅不飞。只有远近树里的秋蝉在纺纱似的缲引它们不尽地长吟。

在这不尽的长吟中，我独坐在冥想。难得是寂寞的环境，难得是静定的意境：寂寞中有不可言传的和谐，静默中有无限的创造。我的心灵，比如海滨，生平初度的怒潮，已经渐次地消翳，只剩有疏松的海砂中偶尔的回响，更有残缺的贝壳，反映星月的辉芒。此时摸索潮余的斑痕，追想当时汹涌的情景，是梦或是真，再亦不须辨问，只此眉梢的轻皱，唇边的微哂，已足解释无穷奥绪，深深地蕴伏在灵魂的微纤之中。

青年永远趋向反叛，爱好冒险；永远如初度航海者，幻想黄金机缘于浩淼的烟波之外：想割断系岸的缆绳，扯起风帆，欣欣地投入无垠的怀抱。他厌恶的是平安，自喜的是放纵与豪迈。无颜色的生涯，是他目中的荆棘；绝海与凶，是他爱取自由的途径。他爱折玫瑰：为她的色香，亦为她冷酷的刺毒。他爱搏狂澜：为他的庄严与伟大，亦为他吞噬一切的天才，最是激发他探险与好奇的动机。他崇拜冲动：不可测，不可节，不可预逆，起，动，消歇皆在无形中，狂风似的倏忽与猛烈与神秘。他崇拜斗争：从斗争中求剧烈的生命之意义，从斗争中求绝对的实在，在血染的战阵中，呼叫胜利之狂欢或歌败丧的哀曲。

幻象消灭是人生里命定的悲剧；青年的幻灭，更是悲剧中的悲剧，夜一般的沉黑，死一般的凶恶。纯粹的、猖狂的热情之火，不同阿拉丁的神灯，只能放射一时的异彩，不能永久地朗照；转瞬间，或许，便已敛熄了最后的焰舌，只留存有限的余烬与残灰，在未灭的余温里自伤与自慰。

流水之光，星之光，露珠之光，电之光，在青年的妙目中闪耀，我们不能不惊讶造化者艺术之神奇；然可怖的黑影，倦与衰与饱餍的黑影，同时亦紧紧地跟着时日进行，仿佛是烦恼、痛苦、失败，或庸俗的尾曳，亦在转瞬间，彗星似的扫灭了我们最自傲的神辉——流水涸，明星没，露珠散灭，电闪不再！

在这艳丽的日辉中，只见愉悦与欢舞与生趣，希望，闪烁的希望，在荡漾，在无穷的碧空中，在绿叶的光泽里，在虫鸟的歌吟中，在青草的摇曳中——夏之荣华，春之成功。春光与希望，是长驻的；自然与人生，是调谐的。

在远处有福的山谷内，莲馨花在坡前微笑，稚羊在乱石间跳跃，牧童们，有的吹着芦笛，有的平卧在草地上，仰看变幻的浮游的白云，放射下的青影在初黄的稻田中缥缈地移过。在远处安乐的村中，有妙龄的村姑，在流涧边照映她自制的春裙；口衔烟斗的农夫三四，在预度秋收的丰盈，老妇人们坐在家门外阳光中取暖，她们的周围有不少的儿童，手擎着黄白的钱花在环舞与欢呼。

在远——远处的人间，有无限的平安与快乐，无限的春光……

在此暂时可以忘却无数的落蕊与残红；亦可以忘却花荫中

掉下的枯叶，私语地预告三秋的情意；亦可以忘却苦恼的僵瘪的人间，阳光与雨露的殷勤，不能再恢复他们腮颊上生命的微笑；亦可以忘却纷争的互杀的人间，阳光与雨露的仁慈，不能感化他们凶恶的兽性；亦可以忘却庸俗的卑琐的人间，行云与朝露的风姿，不能引逗他们刹那间的凝视；亦可以忘却自觉的失望的人间，绚烂的春时与媚草，只能反激他们悲伤的意绪。

我亦可以暂时忘却我自身的种种；忘却我童年期清风白水似的天真；忘却我少年期种种虚荣的希冀；忘却我渐次的生命的觉悟；忘却我热烈的理想的寻求；忘却我心灵中乐观与悲观的斗争；忘却我攀登文艺高峰的艰辛；忘却刹那的启示与彻悟之神奇；忘却我生命潮流之骤转；忘却我陷落在危险的旋涡中之幸与不幸；忘却我追忆不完全的梦境；忘却我大海底里埋着的秘密；忘却曾经刳割我灵魂的利刃，炮烙我灵魂的烈焰，摧毁我灵魂的狂飙与暴雨；忘却我的深刻的怨与艾；忘却我的冀与愿；忘却我的恩泽与惠感；忘却我的过去与现在……

过去的实在，渐渐地膨胀，渐渐地模糊，渐渐地不可辨认；现在的实在，渐渐地收缩，逼成了意识的一线，细极狭极的一线，又裂成了无数不相连续的黑点……黑点亦渐次地隐翳？幻术似的灭了，灭了，一个可怕的黑暗的空虚……

一九二三年八月

读 与 思

　　"远处的人间，有无限的平安和快乐，无限的春光"，作者抒写田园风光平息心灵的痛苦，文章的中段在全文结构上和作者的心绪转折与过渡上有怎样的意义？徐志摩写景状物，空灵挥洒，善于用形象生动的语言让读者了解他的内心世界，酣畅淋漓的语句真切地反映难以把握的精神和情感。散文的最后两段，用了大量的排比，500多字，用了23个"忘却"，仍意犹未尽，结尾还用了意味深长的省略号，排比的修辞在这里又有怎样的妙处呢？

印度洋上的秋思

散文《印度洋上的秋思》写的是徐志摩在异国他乡，漂泊于印度洋时的作品。海上浓浓的乡愁让作者思绪万千，正值秋日的夜晚，那神奇变幻的云彩里有一轮"千呼万唤始出来的月"，望月怀愁，那甲板上游子的心里有无尽慨叹。秋月引秋思，秋思生秋愁，自古悲秋的主题在作者细腻的笔调之下弥漫开来，并浸润在字里行间，值得我们细细品味。

　　昨夜中秋。黄昏时西天挂下一大帘的云母屏，掩住了落日的光潮，将海天一体化成暗蓝色，寂静得如黑衣尼在圣座前默祷。过了一刻，即听得船艄布篷上窸窸窣窣啜泣起来，低压的云夹着迷蒙的雨色，将海线逼得像湖一般窄，沿边的黑影，也辨认不出是山是云，但涕泪的痕迹，却满布在空中水上。

又是一番秋意！那雨声在急骤之中，有零落萧疏的况味，连着阴沉的气氛，只是在我灵魂的耳畔私语道："秋！"我原来无欢的心境，抵御不住那样温婉的浸润，也就开放了春夏间所积受的秋思，和此时外来的怨艾构合，产出一个弱的婴儿——"愁"。

天色早已沉黑，雨也已休止。但方才啜泣的云，还疏松地幕在天空，只露着些惨白的微光，预告明月已经装束齐整，专等开幕。同时船烟正在莽莽苍苍地吞吐，筑成一座蟠鳞的长桥，直联及西天尽处，和轮船泛出的一流翠波白沫，上下对照，留恋西来的踪迹。

北天云幕豁处，一颗鲜翠的明星，喜滋滋地先来问探消息，像新嫁媳的侍婢，也穿扮得遍体光艳。但新娘依然姗姗未出。

我小的时候，每于中秋夜，呆坐在楼窗外等看"月华"。若然天上有云雾缭绕，我就替"亮晶晶的月亮"担忧。若然见了鱼鳞似的云彩，我的小心就欣欣怡悦，默祷着月儿快些开花，因为我常听人说只要有"瓦楞"云，就有月华；但在月光放彩以前，我母亲早已逼我去上床，所以月华只是我脑筋里一个不曾实现的想象，直到如今。

现在天上砌满了瓦楞云彩，霎时间引起了我早年许多有趣的记忆——但我的纯洁的童心，如今哪里去了！

月光有一种神秘的引力。它能使海波咆哮，它能使悲绪生潮。月下的喟息可以结聚成山，月下的情泪可以培畤百亩的畹兰，千茎的紫琳耿。我疑悲哀是人类先天的遗传，否则，何以我们几年不知悲感的时期，有时对着一泻的清辉，也往往凄心滴泪呢？

但我今夜却不曾流泪。不是无泪可滴，也不是文明教育将我最纯洁的本能除净，却为是感觉了神圣的悲哀，将我理解的好奇心激动，想学契古特白登❶来解剖这神秘的"眸冷骨累"。冷的智永远是热的情的死仇。他们不能相容的。

但在这样浪漫的月夜，要来练习冷酷的分析，似乎不近人情！所以我的心机一转，重复将锋快的智刃举起，让沉醉的情泪自然流转，听他产生什么音乐，让绻缱的诗魂漫自低回，看他寻出什么梦境。

明月正在云岩中间，周围有一圈黄色的彩晕，一阵阵的轻霭，在她面前扯过。海上几百道起伏的银沟，一齐在微吒凄其的音节，此外不受清辉的波域，在暗中愤愤涨落，不知是怨是慕。

我一面将自己一部分的情感，看入自然界的现象，一面拿着纸笔，痴望着月彩，想从她明洁的辉光里，看出今夜地面上秋思的痕迹，希冀它们在我心里，凝成高洁情绪的菁华。因为它光明的捷足，今夜遍走天涯，人间的恩怨，哪一件不经过它

❶ 现在一般译作夏多勃里昂，法国作家、政治家。

的慧眼呢?

印度的Ganges(埂奇)河❶边有一座小村落,村外一个榕绒密绣的湖边,坐着一对情醉的男女,他们中间草地上放着一尊古铜香炉,烧着上品的水息,那温柔婉恋的烟篆,沉馥香浓的热气,便是他们爱感的象征——月光从云端里轻俯下来,在那女子胸前的珠串上,水息的烟尾上,印下一个慈吻,微哂,重复登上她的云艇,上前驶去。

一家别院的楼上,窗帘不曾放下,几枝肥满的桐叶正在玻璃上摇曳斗趣,月光窥见了窗内一张小蚊床上紫纱帐里,安眠着一个安琪儿似的小孩,她轻轻挨近身去,在他温软的眼睫上,嫩桃似的腮上,抚摩了一会。又将她银色的纤指,理齐了他脐圆的额发,蔼然微哂着,又回她的云海去了。

一个失望的诗人,坐在河边一块石头上,满面写着幽郁的神情,他爱人的情影,在他胸中像河水似的流动,他又不能在失望的渣滓里榨出些微甘液,他张开两手,仰着头,让大慈大悲的月光,那时正在过路,洗沐他泪腺湿肿的眼眶,他似乎感觉到清心的安慰,立即摸出一支笔,在白衣襟上写道:

月光,

你是失望儿的乳娘!

---

❶ 现在一般译作恒河。

　　面海一座柴屋的窗棂里，望得见屋里的内容：一张小桌上放着半块面包和几条冷肉，晚餐的剩余，窗前几上开着一本家用的圣经，炉架上两座点着的烛台，不住地在流泪，旁边坐着一个皱面驼腰的老妇人，两眼半闭不闭地落在伏在她膝上悲泣的一个少妇，她的长裙散在地板上像一只大花蝶。老妇人掉头向窗外望，只见远远海涛起伏，和慈祥的月光在拥抱密吻，她叹了声气向着斜照在圣经上的月彩唲道："真绝望了！真绝望了！"

　　她独自在她精雅的书室里，把灯火一齐熄了，倚在窗口一架藤椅上，月光从东墙肩上斜泻下去，笼住她的全身，在花砖

078

上幻出一个窈窕的倩影，她两根垂辫的发梢，她微澹的媚唇，和庭前几茎高峙的玉兰花，都在静谧的月色中微颤，她加她的呼吸，吐出一股幽香，不但邻近的花草，连月儿闻了，也禁不住迷醉，她腮边天然的妙涡，已有好几日不圆满：她瘦损了。

但她在想什么呢？月光，你能否将我的梦魂带去，放在离她三五尺的玉兰花枝上。

威尔斯西境一座矿床附近，有三位工人，口衔着笨重的烟斗，在月光中闲坐。他们所能想到的话都已讲完，但这异样的月彩，在他们对面的松林，左首的溪水上，平添了不可言语比说的妩媚，唯有他们工余倦极的眼珠不阖，彼此不约而同今晚较往常多抽了两斗的烟，但他们矿火熏黑、煤块擦黑的面容，表示他们心灵的薄弱，在享乐烟斗以外，虽然秋月溪声的戟刺，也不能有精美情绪之反感。等月影移西一些，他们默默地扑出了一斗灰，起身进屋，各自登床睡去。月光从屋背飘眼望进去，只见他们都已睡熟；他们即使有梦，也无非矿内矿外的景色！

月光渡过了爱尔兰海峡，爬上海尔佛林的高峰，正对着静默的红潭。潭水凝定得像一大块冰，铁青色。四周斜坦的小峰，全都满铺着蟹青和蛋白色的岩片碎石，一株矮树都没有。沿潭间有些丛草，那全体形势，正像一大青碗，现在满盛了清洁的月辉，静极了，草里不闻虫吟，水里不闻鱼跃；只有石缝里潜涧沥沥之声，断续地作响，仿佛一座大教堂里点着一星小火，益发对照出静穆宁寂的境界，月儿在铁色的潭面上，倦倚了半晌，重复扱起她的银泻，过山去了。

昨天船离了新加坡以后，方向从正东改为东北，所以前几天的船艄正对落日，此后"晚霞的工厂"渐渐移到我们船向的左手来了。

昨夜吃过晚饭上甲板的时候，船右一海银波，在犀利之中涵有幽秘的彩色，凄清的表情，引起了我的凝视。那放银光的圆球正挂在你头上，如其起靠着船头仰望。她今夜并不十分鲜艳：她精圆的芳容上似乎轻笼着一层藕灰色的薄纱；轻漾着一种悲喟的音调；轻染着几痕泪化的雾霭。她并不十分鲜艳，然而她素洁温柔的光线中，犹之少女浅蓝妙眼的斜瞟；犹之春阳溶解在山巅白云反映的嫩色，含有不可解的迷力、媚态，世间凡具有感觉性的人，只要承沐着她的清辉，就发生也是不可理解的反应，引起隐伏的内心境界的紧张——像琴弦一样——人生最微妙的情绪，戟震生命所蕴藏高洁名贵创现的冲动。

有时在心理状态之前，或于同时，撼动躯体的组织，使感觉血液中突起冰流之冰流；嗅神经难禁之酸辛，内藏汹涌之跳动，泪腺之骤热与润湿。那就是秋月兴起的秋思——愁。

昨晚的月色就是秋思的泉源，岂止，直是悲哀幽骚悱怨沉郁的象征，是季候运转的伟剧中最神秘亦最自然的一幕，诗艺界最凄凉亦最微妙的一个消息。

今夜月明人尽望，不知秋思在谁家。

中国字形具有一种独一的妩媚，有几个字的结构，我看来纯是艺术家的匠心：这也是我们国粹之尤粹者之一。譬如"秋"字，已经是一个极美的字形；"愁"字更是文字史上有数的杰作；有石开湖晕、风扫松针的妙处，这一群点画的配置，简直经过柯罗❶的画篆，米仡朗其罗❷的雕圭，Chopin的神感；像——用一个科学的比喻——原子的结构，将旋转宇宙的大力收缩成一个无形无踪的电核；这十三笔造成的象征，似乎是宇宙和人生悲惨的现象和经验，吁喟和涕泪，所凝成最纯粹精密

❶ 法国比松派画家。

❷ 现在一般译作米开朗基罗，后文均尊重原文，写作"米仡朗其罗"。

的结晶，满充了催迷的秘力。你若然有高蒂闲[1]（Gautier）异超的知感性，定然可以梦到，愁字变形为秋霞黯绿色的通明宝玉，若用银槌轻击之，当吐银色的幽咽电蛇似腾入云天。

我并不是为寻秋意而看月，更不是为觅新愁而访秋月；蓄意沉浸于悲哀的生活，是丹德所不许的。我盖见月而感秋色，因秋窗而拈新愁：人是一簇脆弱而富于反射性的神经！

我重复回到现实的景色，轻裹在云锦之中的秋月，像一个遍体蒙纱的女郎，她那团圆清朗的外貌像新娘，但同时她幂弦

---

[1] 现在一般译作戈蒂埃。

082

的颜色，那是藕灰，她踟蹰的行踵，掩泣的痕迹，又使人疑是
送丧的丽姝。所以我曾说：

秋月呀？
我不盼望你团圆。

这是秋月的特色，不论她是悬在落日残照边的新镰，与
"黄昏晓"竞艳的眉钩，中宵斗没西陲的金碗，星云参差间的
银床，以至一轮腴满的中秋，不论盈昃高下，总在原来澄爽明
秋之中，遍洒着一种我只能称之为"悲哀的轻霭"和"传愁
的以太"。即使你原来无愁，见此也禁不得沾染那"灰色的音
调"，渐渐兴感起来！

秋月呀！
谁禁得起银指尖儿
浪漫地搔爬呀！

不信看那一海的轻涛，可不是禁不住她玉指的抚摩，在那
里低徊饮泣呢！就是那：

无聊的云烟，
秋月的美满，

熏暖了飘心冷眼，

也清冷地穿上了轻缟的衣裳，

来参与这美满的婚姻和丧礼。

十月六日志摩

读 与 思

　　在徐志摩的笔下，月光用她"光明的捷足，今夜遍走天涯，人间的恩怨，哪一件不经过她的慧眼呢？"作者描绘出一幅幅月光下的魅影，你能试着画出月光行走的路线吗？一路上有哪些画面呢？作者"并不是为寻秋意而看月，更不是为觅新愁而访秋月……盖见月而感秋色，因秋窗而拈新愁"，这其中包含着他怎样的情思呢？

巴黎的鳞爪

成语"一鳞半爪"原指龙在云中，东露一鳞，西露半爪，看不到它的全貌。比喻零星片段的事物。徐志摩的散文《巴黎的鳞爪》就是在诗歌一般美好的语言中，让我们瞥见巴黎的一姿一容，一鳞半爪，惦记它的美好与甜蜜，想象它生活流波里的旋涡与暗礁，无论是天堂还是地狱，都让人流连忘返。

咳巴黎！到过巴黎的一定不会再稀罕天堂，尝过巴黎的，老实说，连地狱都不想去了。整个的巴黎就像是一床野鸭绒的垫褥，衬得你通体舒泰，硬骨头都给熏酥了的——有时许太热一些。那也不碍事，只要你受得住。赞美是多余的，正如赞美天堂是多余的；咒诅也是多余的，正如咒诅地狱是多余的。巴黎，软绵绵的巴黎，只在你临别的时候轻轻地嘱咐一声："别忘了，再来！"其实连这都是多余的，谁不想再去？谁忘得了？

香草在你的脚下，春风在你的脸上，微笑在你的周遭。不拘束你，不责备你，不督饬你，不窘你，不恼你，不揉你。它搂着你，可不缚住你；是一条温存的臂膀，不是根绳子。它不是不让你跑，但它那招逗的指尖却永远在你的记忆里晃着。多轻盈的步履，罗袜的丝光随时可以沾上你记忆的颜色！

但巴黎却不是单调的喜剧。塞纳河的柔波里掩映着罗浮宫的倩影，它也收藏着不少失意人最后的呼吸。流着，温驯的水波；流着，缠绵的恩怨。咖啡馆，和着交颈的软语，开怀的笑响，有踞坐在屋隅里蓬头少年计较自毁的哀思。跳舞场，和着翻飞的乐调，迷醇的酒香，有独自支颐的少妇思量着往迹的怆心。浮动在上一层的许是光明，是欢畅，是快乐，是甜蜜，是和谐；但沉淀在底里阳光照不到的才是人事经验的本质：说重一点是悲哀，说轻一点是惆怅；谁不愿意永远在轻快的流波里漾着，可得留神了你往深处去时的发现！

一天，一个从巴黎来的朋友找我闲谈，谈起了劲，茶也没喝，烟也没吸，一直从黄昏谈到天亮，才各自上床去躺了一歇，我一合眼就回到了巴黎，方才朋友讲的情境惝恍地把我自己也缠了进去；这巴黎的梦真醇人，醇你的心，醇你的意志，醇你的四肢百体，那味儿除是亲尝过的谁能想象！——我醒过来时还是迷糊地忘了我在那儿，刚巧一个小朋友进房来站在我的床前笑吟吟喊我，"你做什么梦来了，朋友，为什么两眼潮潮的像哭似的？"我伸手一摸，果然眼里有水，不觉也失笑了——可是朝来的梦，一个诗人说的，同是这悲凉滋味，正不知这泪是为哪一个梦流的呢！

下面写下的不成文章，不是小说，不是写实，也不是写梦——在我写的人只当是随口曲，南边人说的"出门不认货"，随你们宽容的读者们怎样看吧。

出门人也不能太小心了，走道总得带些探险的意味。生活的趣味大半就在不预期地发见，要是所有的明天全是今天刻板的化身，那我们活什么来了？正如小孩子上山就得采花，到海边就得捡贝壳，书呆子进图书馆想捞新智慧——出门人到了巴黎就想……

你的批评也不能过分严正不是？少年老成——什么话！老成是老年人的特权，也是他们的本分；说来也不是他们甘愿，他们是到了年纪不得不。少年人如何能老成？老成了才是怪呐！

放宽一点说，人生只是个机缘巧合；别瞧日常生活河水似的流得平顺，它那里面多的是潜流，多的是旋涡——轮着的时候谁躲得了给卷了进去？那就是你发愁的时候，是你登仙的时候，是你品着酸的时候，是你尝着甜的时候。

巴黎也不定比别的地方怎样不同：不同就在那边生活流波里的潜流更猛，旋涡更急，因此你叫给卷进去的机会也就更多。

我赶快得声明我是没有叫巴黎的旋涡给淹了去——虽则也就够险。多半的时候我只是站在塞纳河岸边看热闹，下水去的时候也不能说没有，但至多也不过在靠岸清浅处溜着，从没敢往深处跑——这来旋涡的纹螺、势道、力量，可比远在岸上时认清楚多了。

读 与 思

当一个地方让人念念不忘，甚至在梦中也能让人热泪盈眶，那么该处是个多么与众不同的所在呢？巴黎这座城市在徐志摩的脑海中、心目中，挥之不去。塞纳河、卢浮宫、咖啡馆、跳舞场……这些地方给作者带来了哪些感受呢？当用第二人称"你"来描写巴黎时，又有怎样的妙处呢？

我的彼得

提示导读

　　这是一篇悼亡文，诗人在听音乐的时候，认识了一个八九岁的小友，让其想起了自己早夭的孩子彼得。文中写到他看着彼得的遗像和曾经的玩具，他的内心更多的是极度的自责和悔恨，他对彼得的追念是真情流露的，他的散文语言风格是浓烈的。诗人对孩子的回忆都来自孩子母亲和"大大"的转述，他的怀念都只能是空想，生命逝去了就不会重生，这种父爱其实是有些迟了，文中还体现了对自我灵魂的解剖和认知，值得深思。

　　新近有一天晚上，我在一个地方听音乐，一个不相识的小孩，约莫八九岁光景，过来坐在我的身边，他说的话我不懂，我也不易使他懂我的话，那可并不妨事，因为在几分钟内我们已经是很好的朋友，他拉着我的手，我拉着他的手，一同听台上的音乐。他年纪虽则小，他音乐的兴趣已经很深：他比着手势告我他也有一张提琴，他会拉，并且说哪几个是他已经学会的调子。他那资质的敏慧，性情的柔和，体态的秀美，不能使人不爱；而况我本来是欢喜小孩们的。

但那晚虽则结识了一个可爱的小友，我心里却并不快爽；因为不仅见着他使我想起你，我的小彼得，并且在他活泼的神情里我想见了你，彼得，假如你长大的话，与他同年龄的影子。你在时，与他一样，也是爱音乐的；虽则你回去的时候刚满三岁，你爱好音乐的故事，从你襁褓时起，我屡次听你妈与你的"大大"讲，不但是十分的有趣可爱，竟可说是你有天赋的凭证，在你最初开口学话的日子，你妈已经写信给我，说你听着了音乐便异常的快活，说你在坐车里常常伸出你的小手在车栏上跟着音乐按拍；你稍大些会懂得淘气的时候，你妈说，只要把话匣开上，你便在旁边乖乖地坐着静听，再也不出声不闹——并且你有的是可惊的口味，是贝多芬是槐格纳❶你就爱，要是中国的戏片，你便盖没了你的小耳，决意不让无意味的锣鼓，打搅你的清听！你的大大（她多疼你！）讲给我听你的小提琴的故事：怎样那晚上买琴来的时候，你已经在你的小床上睡好，怎样她们为怕你起来闹赶快灭了灯亮把琴放在你的床边，怎样你这小机灵早已看见，却偏不作声，等你妈与大大

---

❶ 现在一般译作瓦格纳，德国作曲家，著名的古典音乐大师。

都上了床，你才偷偷地爬起来，摸着了你的宝贝，再也忍不住的你技痒，站在漆黑的床边，就开始你"截桑柴"的本领，后来怎样她们干涉了你，你便乖乖地把琴抱进你的床去，一起安眠。她们又讲你怎样欢喜拿着一根短棍站在桌上模仿音乐会的导师，你那认真的神情常常叫在座人大笑。此外还有不少趣话，大大记得最清楚，她都讲给我听过；但这几件故事已够见证你小小的灵性里早长着音乐的慧根。实际我与你妈早经同意想叫你长大时留在德国学习音乐——谁知道在你的早殇里我们失去了一个可能的毛赞德❶（Mozart）：在中国音乐最饥荒的日子，难得见这一点希冀的青芽，又教命运无情的脚跟踏倒，想起怎不可伤？

彼得，可爱的小彼得，我"算是"你的父亲，但想起我做父亲的往迹，我心头便涌起了不少的感想；我的话你是永远听不着了，但我想借这悼念你的机会，稍稍疏泄我的积懑，在这不自然的世界上，与我境遇相似或更不如的当不在少数，因此我想说的话或许还有人听，竟许有人同情。就是你妈，彼得，她也何尝有一天接近过快乐与幸福，但她在她同样不幸的境遇中证明她的智断，她的忍耐，尤其是她的勇敢与胆量；所以至少她，我敢相信，可以懂得我话里意味的深浅，也只有她，我敢说，最有资格指证或相诠释——在她有机会时——我的情感

---

❶ 现在一般译作莫扎特，奥地利作曲家，著名的古典音乐大师。

的真际。

但我的情愫！是怨，是恨，是忏悔，是怅惘？对着这不完全，不如意的人生，谁没有怨，谁没有恨，谁没有怅惘？除了天生颟顸的，谁不曾在他生命的经途中——葛德❶说的——和着悲哀吞他的饭，谁不曾拥着半夜的孤衾饮泣？我们应得感谢上苍的是他不可度量的心裁，不但在生物的境界中创造了不可计数的种类，就这悲哀的人生也是因人差异，各个不同——同是一个碎心，却没有同样的碎痕；同是一滴眼泪，却难寻同样的泪晶。

彼得我爱，我说过我是你的父亲。但我最后见你的时候你才不满四月，这次我再来欧洲你已经早一个星期回去，我见着的是你的遗像，那太可爱，与你一撮的遗灰；那太可惨。你生前日常把弄的玩具——小车、小马、小鹅、小琴、小书——你妈曾经件件的指给我看，你在时穿着的衣褂鞋帽，你妈与你大大也曾含着眼泪从箱里理出来给我抚摩，同时她们讲你生前的故事，直到你的影像活现在我的眼前，你的脚踪仿佛在楼板上踹响。你是不认识你父亲的，彼得，虽则我听说他的名字常在你的口边，他的肖像也常受你小口的亲吻，多谢你妈与你大大的慈爱与真挚，她们不仅永远把你放在她们心坎的底里，她们也使我——没福见着你的父亲，知道你，认识你，爱你，也把

---

❶ 现在一般译为歌德，德国著名思想家、作家、科学家。

你的影像，活泼、美慧、可爱，永远镂上了我的心版。

那天在柏林的会馆里，我手捧着那收存你遗灰的锡瓶，你妈与你七舅站在旁边止不住滴泪，你的大大哽咽着，把一个小花圈挂上你的门前——那时间我，你的父亲，觉着心里有一个尖锐的刺痛，这才初次明白曾经有一点血肉从我自己的生命里分出，这才觉着父性的爱像泉眼似的在性灵里汩汩地流出；只可惜是迟了，这慈爱的甘液不能救活已经萎折了的鲜花，只能在他纪念日的周遭永远无声地流转。

彼得，我说我要借这机会稍稍爬梳我这些年来的郁积；但那也不见得容易；要说的话仿佛就在口边，但你要它们的时候，它们又不在口边。像是长在大块岩石底下的嫩草，你得有力量翻起那岩石，才能把它不伤损地连根起出——谁知道那根长得多深！

是恨，是怨，是忏悔，是怅惘？许是恨，许是怨，许是忏悔，许是怅惘。荆棘刺入了行路人的胫踝，他才知道这路的难走；但为什么有荆棘？是它们自己长着，还是有人存心种着的？也许是你自己种下的？至少你不能完全抱怨荆棘，一则因为这道是你自愿才来走的，再则因为那刺伤是你自己的脚踏上了荆棘的结果，不是荆棘自动来刺你。——但又谁知道？因此我有时想，彼得，像你倒真是聪明：你来时是一团活泼，光亮的天真，你去时也还是一个光亮，活泼的灵魂；你来人间真像是短期的作客，你知道的是慈母的爱、阳光的和暖与花草的美丽，你离开了妈的怀抱，你回到了天父的怀抱，我想他听你欣欣地回报这番作客——只尝甜浆，不吞苦水——的经验，他上年纪的脸上一定满布着笑容——你的小脚踝上不曾碰过无情的荆棘，你穿来的白衣不曾沾着一斑的泥污。

但我们，比你住久的，彼得，却不是来作客；我们是遭放逐，无形的解差永远在后背催逼着我们赶道，为什么受罪，前途是哪里，我们始终不曾明白，我们明白的只是底下流血的胫踝，只是这无恩的长路，这时候想回头已经太迟，想中止也不可能，我们真的羡慕，彼得，像你那谪期的简净。

在这道上遭受的，彼得，还不止是难，不止是苦，最难堪的是逐步相追的嘲讽，身影似的不可解脱。我既是你的父亲，彼得，比方说，为什么我不能在你的生前，日子虽短，给你应得的慈爱，为什么要到这时候，你已经去了不再回来，我才觉着骨肉的关联？并且假如我这番不到欧洲，假如我在万里外接到你的死耗，我怕我只能看作水面上的云影，来时自来，去时自去；正如你生前我不知欣喜，你在时我不知爱惜，你去时也不能过分动我的情感。我自分不是无情，不是寡恩，为什么我对自身的血肉，反是这般不近情的冷漠？彼得，我问为什么，这问的后身便是无限的隐痛；我不能怨，我不能恨，更无

从悔，我只是怅惘，我只能问！明知是自苦的揶揄，但我只能忍受。而况揶揄还不止此，我自身的父母，何尝不赤心地爱我；但他们的爱却正是造成我痛苦的原因。我自己也何尝不笃爱我的双亲，但我不仅不能尽我的责任，不仅不曾给他们想望的快乐，我，他们的独子，也不免增添他们的烦愁，造作他们的痛苦，这又是为什么？在这里，我也是一般的不能恨，不能怨，更无从悔，我只是怅惘——我只能问。昨天我是个孩子，今天已是壮年；昨天腮边还带着圆润的笑涡，今天头上已见星星的白发；光阴带走的往迹，再也不容追赎，留下在我们心头的只是些揶揄的鬼影；我们在这道上偶尔停步回想的时候，只能投一个虚圈的"假使当初"，解嘲以往的一切。但以往的教训，即使有，也不能给我们利益，因为前途还是不减启程时的渺茫，我们还是不能选择自由的途径——到那天我们无形的解差喝住的时候，我们唯一的权利，我猜想，也只是再丢一个虚圈更大的"假使"，圆满这全程的寂寞，那就是止境了。

读 与 思

　　这篇文章里描绘的父爱与亲情，哪些语句最打动你？生活中看似琐碎的小事，都会成为美好而难忘的追忆。在你成长的过程中，你的父母或是亲人也在见证着你的点滴成长，请你选取一两件记忆深刻的事，用"志摩式的散文"风格来表达你的情感，写一写他们对你的无私陪伴和全身心的付出吧。

想飞

导读提示

诗人的这篇散文充满了自由的气息，充满了"灵性"的味道，字里行间都在寻求灵魂深处的解放。诗人情感激昂，天马行空，可谓冥思型的诗化散文。诗人为"飞"赋予了丰富的内涵，尽情地释放自己的情感，但理想和现实总是无法重叠，充满着矛盾。文字的背后暗藏着诗人的压抑与痛苦，也体现着诗人对当时社会的不满与无助、反省和批判。

假如这时候窗子外有雪——街上，城墙上，屋脊上，都是雪，胡同口一家屋檐下偎着一个戴黑兜帽的巡警，半拢着睡眼，看棉团似的雪花在半空中跳着玩……假如这夜是一个深极了的夜，不是壁上挂钟的时针指示给我们看的深夜，这深就比是一个山洞的深，一个往下钻螺旋形的山洞的深……

假如我能有这样一个深夜，它那无底的阴森捻起我遍体的毫管；再能有窗子外不住往下筛的雪，筛淡了远近间扬动的市谣，筛泯了在泥道上挣扎的车轮，筛灭了脑壳中不妥协的潜流……

我要那深，我要那静。那在树荫浓密处躲着的夜鹰，轻易不敢在天光还在照亮时出来睁眼。思想，它也得等。

青天里有一点子黑的。正冲着太阳耀眼，望不真，你把手遮着眼，对着那两株树缝里瞧，黑的，有橙子来大，不，有桃子来大——嘿，又移着往西了！

我们吃了中饭出来到海边去。（这是英国康槐尔极南的一

角，三面是大西洋。）勸丽丽的叫响从我们的脚底下匀匀地往上颤，齐着腰，到了肩高，过了头顶，高入了云，高出了云。啊！你能不能把一种急震的乐音想象成一阵光明的细雨，从蓝天里冲着这平铺着青绿的地面不住地下？不，那雨点都是跳舞的小脚，安琪儿的。云雀们也吃过了饭，离开了它们卑微的地巢飞往高处做工去。上帝给它们的工作，替上帝做的工作。瞧着，这儿一只，那边又起了两只！一起就冲着天顶飞，小翅膀动活得多快活，圆圆的，不踌躇地飞，——它们就认识青天。一起就开口唱，小嗓子动活得多快活，一颗颗小精圆珠子直往外唾，亮亮地唾，脆脆地唾，——它们赞美的是青天。瞧着，这飞得多高，有豆子大，有芝麻大，黑刺刺地一屑，直顶着无底的天顶细细地摇，——这全看不见了，影子都没了！但这光明的细雨还是不住地下着……

飞。"其翼若垂天之云……背负苍天，而莫之夭阏者"；那不容易见着。我们镇上东关庙外有一座黄泥山，山顶上有一座七层的塔，塔尖顶着天。塔院里常常打钟，钟声响动时，那在太阳西晒的时候多，一枝艳艳的大红花贴在西山的鬓边回照着塔山上的云彩，——钟声响动时，绕着塔顶尖，摩着塔顶天，穿着塔顶云，有一只两只，有时三只四只，有时五只六只蜷着爪往地面瞧的"饿老鹰"，撑开了它们灰苍苍的大翅膀没挂恋似的在盘旋，在半空中浮着，在晚风中泅着，仿佛是按着塔院钟的波荡来练习圆舞似的。那是我做孩子时的"大鹏"。

有时好天抬头不见一瓣云的时候听貌忧忧地叫响，我们就知道那是宝塔上的饿老鹰寻食吃来了，这一想象半天里秃顶圆睛的英雄，我们背上的小翅膀骨上就仿佛豁出了一锉锉铁刷似的羽毛，摇起来呼呼响的，只一摆就冲出了书房门，钻入了玟瑙镶边的白云里玩儿去，谁耐烦站在先生书桌前晃着身子背早上的多难背的书！啊，飞！不是那在树枝上矮矮的跳着的麻雀儿的飞；不是那趁天黑从堂匾后背冲出来赶蚊子吃的蝙蝠的飞；也不是那软尾巴软嗓子做窠在堂檐上的燕子的飞。要飞就得满天飞，风拦不住、云挡不住地飞，一翅膀就跳过一座山头，影子下来遮得荫二十亩稻田地飞，到天晚飞倦了就来绕着那塔顶尖顺着风向打圆圈做梦……听说饿老鹰会抓小鸡！

飞。人们原来都是会飞的。天使们有翅膀，会飞，我们初来时也有翅膀，会飞。我们最初来就是飞了来的，有的做完了事还是飞了去，他们是可羡慕的。但大多数人是忘了飞的，有的翅膀上掉了毛不长，再也飞不起来，有的翅膀叫胶水给胶住了，再也拉不开，有的羽毛叫人给修短了，像鸽子似的，只会在地上跳，有的拿背上一对翅膀上当铺去典钱使，过了期再也赎不回……真的，我们一过了做孩子的日子就掉了飞的本领。但没了翅膀或是翅膀坏了不能用是一件可怕的事。因为你再也飞不回去，你蹲在地上呆望着飞不上去的天，看旁人有福气的一程一程地在青云里逍遥，那多可怜。而且翅膀又不比是你脚上的鞋，穿烂了可以再问妈要一双去，翅膀可不成，折了一根毛就是一根，没法给补的。还有，单顾着你翅膀也还不定规到时候能飞，你这身子要是不谨慎养太肥了，翅膀力量小再也拖不起，也是一样难不是？一对小翅膀驮不起一个胖肚子，那情形多可笑！到时候你听人家高声地招呼说，朋友，回去吧，趁这天还有紫色的光，你听他们的翅膀在半空中沙沙地摇响，朵朵的春云跳过来推着他们的肩背，望着最光明的来处翩翩的、冉冉的、轻烟似的化出了你的视域，像云雀似的只留下一泻光明的骤雨——"Thou art unseen, but yet I hear thy shrill delight" ❶——那你，独自在泥土里淹着，够多难受，够多懊恼，够多寒碜！趁早留神你的翅膀，朋友。

是人没有不想飞的。老是在这地面上爬着够多厌烦，不说别的。飞出这圈子，飞出这圈子！到云端里去，到云端里去！哪个心里不成天千百遍的这么想？飞上天空去浮着；看地球这弹丸在太空里滚着，从陆地看到海，从海再看回陆地。凌空去看一个明白——这才是做人的趣味，做人的权威，做人的交代。这皮囊要是太重挪不动，就掷了它，可能的话，飞出这圈子，飞出这圈子！

人类初发明用石器的时候，已经想长翅膀。想飞。原人 ❷洞壁上画的四不像，它的背上掮着翅膀；拿着弓箭赶野兽的，

---

❶ 英语，大意为：你无影无踪，但我仍听见你的尖声欢叫。

❷ 即原始人。

他那肩背上也给安了翅膀。小爱神是有一对粉嫩的肉翅的。挨开拉斯❶（Icarus）是人类飞行史上第一个英雄，第一次牺牲。安琪儿（那是理想化的人）第一个标记是帮助他们飞行的翅膀。那也有沿革——你看西洋画上的表现。最初像是一对小精致的令旗，蝴蝶似的粘在安琪儿们的背上，像真的，不灵动的。渐渐地翅膀长大了，地位安准了，毛羽丰满了。画图上的天使们长上了真的可能的翅膀。人类初次实现了翅膀的观念，彻悟了飞行的意义。挨开拉斯闪不死的灵魂，回来投生又投生。人类最大的使命，是制造翅膀；最大的成功是飞！理想的极度，想象的止境，从人到神！诗是翅膀上出世的；哲理是在空中盘旋的。飞：超脱一切，笼盖一切，扫荡一切，吞吐一切。

你上那边山峰顶上试去，要是渡不到这边山峰上，你就得到这万丈的深渊里去找你的葬身地！"这人形的鸟会有一天试他第一次的飞行，给这世界惊骇，使所有的著作赞美，给他所从来的栖息处永久的光荣。"啊，达文骞❷！

但是飞？自从挨开拉斯以来，人类的工作是制造翅膀，还

---

❶ 现在一般译作伊卡罗斯，古希腊传说中能工巧匠代达洛斯（Daedalus）的儿子。他们父子用蜂蜡粘贴羽毛做成双翼，腾空飞行。由于伊卡罗斯飞得太高，太阳把蜂蜡晒化，使他坠海而死。

❷ 现在一般译作达尔文，英国著名生物学家，生物进化论的奠基人。

是束缚翅膀？这翅膀，承上了文明的重量，还能飞吗？都是飞了来的，还都能飞了回去吗？钳住了，烙住了，压住了，——这人形的鸟会有试他第一次飞行的一天吗？……

同时天上那一点子黑的已经迫近在我的头顶，形成了一架鸟形的机器，忽的机沿一侧，一球光直往下注，砰的一声炸响——炸碎了我在飞行中的幻想，青天里平添了几堆破碎的浮云。

一九二六年四月十四日至十六日

读 与 思

读了诗人的这篇散文，同学们是不是对自由更加向往呢？文章中"飞"是超越一切、脱离现实的理想之境，结合诗人的经历和时代背景，谈一谈你的想法。有著名的诗人写下这样的诗句："生命诚可贵，爱情价更高，若为自由故，两者皆可抛。"也有很多人认为自由是相对的。你是如何理解的？请写一写对"自由"的看法。

天目山中笔记

提示导读

　　徐志摩的散文中总散发着理想主义格调，他的文风又很独特，对世间万物都用自我主观的审美眼光去抒发情感。他把山林间的各种喧闹用诗化的语言描绘出来，充满着古典诗词的意境，体现着诗人的唯美倾向，希望借此洗涤尘埃和人们的心灵。他以悠然的笔调，抒写对于入世与出世的看法，也暗示着当时的社会。这篇散文文笔优美，主题又充满哲思，值得反复品读。

佛于大众中，说我当作佛。

闻如是法音，疑悔悉已除。

初闻佛所说，心中大惊疑。

将非魔作佛，恼乱我心耶！

——《莲华经·譬喻品》

山中不定是清静。庙宇在参天的大木中间藏着，早晚间有的是风，松有松声，竹有竹韵，鸣的禽，叫的虫子，阁上的大钟，殿上的木鱼，庙身的左边右边都安着接泉水的粗毛竹管，这就是天然的笙箫，时缓时急地参和着天空地上种种的鸣籁。静是不静的；但山中的声响，不论是泥土里的蚯蚓叫或是轿夫们深夜里"唱宝"的异调，自有一种个别：它来得纯粹，来得清亮，来得透彻，冰水似的沁入你的脾肺；正如你在泉水里洗濯过后觉得清白些，这些山籁，虽则一样是音响，也分明有洗净的功能。

夜间这些清籁摇着你入梦，清早上你也从这些清籁的怀抱中苏醒。

山居是福，山上有楼住更是修得来的。我们的楼窗开处是一片蓊葱的林海；林海外更有云海！日的光，月的光，星的光：全是你的。从这三尺方的窗户，你接受自然的变幻；从这三尺方的窗户，你散放你情感的变幻。自在，满足。

今早梦回时睁眼见满帐的霞光。鸟雀们在赞美；我也加入一份。它们的是清越的歌唱，我的是潜深一度的沉默。

钟楼中飞下一声洪钟，空山在音波的磅礴中震荡。这一声钟激起了我的思潮。不，潮字太夸；说思流吧。耶教人说阿门，印度教人说"欧姆"（Om），与这钟声的嗡嗡，同是从摄口外摄到阖口内包的一个无限的波动：分明是外扩，却又是内潜；一切在它的周缘，却又在它的中心：同时是皮又是核，是轴亦复是廓。这伟大奥妙的"Om"使人感到动，又感到静；从静中见动，又从动中见静。从安住到飞翔，又从飞翔回复安住；从实在境界超入妙空，又从妙空化生实在：

闻佛柔软音，深远甚微妙。

多奇异的力量！多奥妙的启示！包容一切冲突性的现象，扩大刹那间的视域，这单纯的音响，于我是一种智灵的洗净。花开，花落，天外的流星与田畦间的飞萤，上缟云天的青松，下临绝海的巉岩，珠宝的光，火山的熔液，一如婴儿在它的摇篮中安眠。

这山上的钟声是昼夜不间歇的，平均五分钟打一次。打钟的和尚独自在钟楼上住着，据说他已经不间歇地打了十一年钟，他的愿心是打到他不能动弹的那天。钟楼上供着菩萨，打钟人在大钟的一边安着他的"座"，他每晚是坐着安神的，一只手挽着钟棰的一头，从长期的习惯，不叫睡眠耽误他的职司。"这和尚，"我自忖，"一定是有道理的！和尚是没道理的多，方才那知客僧想把七窍蒙充六根，怎么算总多了一个鼻孔或是耳孔；那方丈师的谈吐里不少某督军与某省长的点缀；那管半山亭的和尚更是贪嗔的化身，无端摔破了两个无辜的茶碗。但这打钟和尚，他一定不是庸流不能不去看看！"他的年岁在五十开外，出家有二十几年，这钟楼，不错，是他管的，

这钟是他打的（说着他就过去撞了一下），他每晚，也不错，是坐着安神的，但此外，可怜，我的俗眼竟看不出什么异样。他拂拭着神龛、神座、拜垫，换上香烛，掇一盂水，洗一把青菜，捻一把米，擦干了手接受香客的布施，又转身去撞一声钟。他脸上看不出修行的清癯，却没有失眠的倦态，倒是满满的不时有笑容的展露；念什么经；不，就念阿弥陀佛，他竟许是不认识字的。"那一带是什么山，叫什么，和尚？""这里是天目山。"他说。"我知道，我说的是那一带的，"我手点着问。"我不知道。"他回答。

山上另有一个和尚，他住在更上去昭明太子读书台的旧址，盖有几间屋，供着佛像，也归庙管的，叫作茅棚。但这不比得普渡山上的真茅棚，那看了怕人的，坐着或是偎着修行的和尚没一个不是鹄形鸠面，鬼似的东西。他们不开口的多，你爱布施什么就放在他跟前的篓子或是盘子里，他们怎么也不睁眼，不出声，随你给的是金条或是铁条。人说得更奇了。有的半年没有吃过东西，不曾挪过窝，可还是没有死，就这冥冥地坐着。他们大约离成佛不远了，单看他们的脸色，就比石片泥土不差什么，一样这黑刺刺、死僵僵的。"内中有几个，"香客们说，"已经成了活佛，我们的祖母早三十年来就看见他们这样坐着的！"

但天目山的茅棚以及茅棚里的和尚，却没有那样的浪漫出奇。茅棚是仅够蔽风雨的屋子，修道的也是活鲜鲜的人，虽则他并不因此减却他给我们的趣味。他是一个高身材、黑面目、行动迟缓的中年人；他出家将近十年，三年前坐过禅关，现在这山上茅棚里来修行；他在俗家时是个商人，家中有父母、兄弟、姊妹，也许还有自身的妻子；他不曾明说他中年出家的缘由，他只说"俗业太重了，还是出家从佛的好"，但从他沉着的语音与持重的神态中可以觉出他不仅是曾经在人事上受过磨折，并且是在思想上能分清黑白的人。他的口，他的眼，都泄漏着他内里强自抑制，魔与佛交斗的痕迹；说他是放过火杀过人的忏悔者，可信；说他是个回头的浪子，也可信。他不比那钟楼上人的不着颜色，不露曲折，他分明是色的世界里逃来的一个囚犯。三年的禅关，三年的草棚，还不曾压倒，不曾灭净，他肉身的烈火。"俗业太重了，不如出家从佛的好"，这话里岂不颤栗着一往忏悔的深心？我觉着好奇；我怎么能得知他深夜趺坐时意念的究竟？

> 佛于大众中，说我当作佛。
> 闻如是法音，疑悔悉已除。
> 初闻佛所说，心中大惊疑。
> 将非魔作佛，恼乱我心耶！

　　但这也许看太奥了。我们承受西洋人生观洗礼的，容易把做人看太积极，入世的要求太猛烈，太不肯退让，把住这热乎

乎的一个身子一个心放进生活的轧床去，不叫他留存半点汁水回去；非到山穷水尽的时候，决不肯认输，退后，收下旗帜；并且即使承认了绝望的表示，他往往直接向生存本体作取决，不来半不阑珊地收回了步子向后退：宁可自杀，干脆的生命的断绝，不来出家，那是生命的否认。不错，西洋人也有出家做和尚、做尼姑的，例如亚佩腊❶与爱洛绮丝❷，但在他们是情感

———————————

❶ 亚佩腊，未详。

❷ 爱洛绮丝，十二世纪时一位法国青年女子，因她与老师阿卜略尔恋爱而导致了一场悲剧。

方面的转变，原来对人的爱移作对上帝的爱，这知感的自体与它的活动依旧不含糊地在着；在东方人，这出家是求情感的消灭，皈依佛法或道法，目的在自我一切痕迹的解脱。再说，这出家或出世的观念的老家，是印度不是中国，是跟着佛教来的；印度何以曾发生这类思想，学者们自有种种哲理上乃至物理上的解释，也尽有趣味的。中国何以能容留这类思想，并且在实际上出家做尼僧的今天不比以前少（我新近一个朋友差一点做了小和尚）。这问题正值得研究，因为这分明不仅仅是个知识乃至意识的浅深问题，也许这情形尽有极有趣味的解释的可能，我见闻浅，不知道我们的学者怎样想法，我愿意领教。

一九二六年九月

读 与 思

这篇散文，诗人通过优美清丽的文字，深思即便是清净的佛国也无法逃避俗世的气息。结合当时的社会背景，请同学们进一步思考这篇写景的文章蕴含的深刻哲思。从古至今，关于入世和出世，很多名家都留下了经典篇章，请你选择印象最深的文章，写一写你对入世和出世的看法。

给新月

提导
读示

徐志摩是中国现代诗人的代表人物。他在1923年出于对泰戈尔诗集《新月集》的浓厚兴趣，提出借用"新月"二字成立诗社，新月社和新月诗派而因此得名。随着新月诗派的逐渐壮大，他在大学授业之余又创办《新月》杂志。著名的《再别康桥》一诗，即初载于《新月》月刊第一卷。可以说，无论是新月社抑或杂志，都是徐志摩对中国诗歌的贡献。

新月的朋友，这时候你们在哪里？太阳还不曾下山，我料想你们各有各的职务，在学堂的，上衙门的，有在公园散步的，也有弄笔墨的调颜色的，我亲爱的朋友们，我在这里想念着你们！

我现在的地方是你们大多数不曾到过的。你们知道西伯利亚有一个贝加尔湖；这半天，我们的车就绕着那湖的沿岸走。我现在靠窗口震震地写字，左手只是巉岩与绝壁，右面就是那大湖；什么湖，简直就是一个雪海，上帝知道这底下冰结得多深，对岸是重峦叠嶂的山岭，无数戴雪帽的高峰在晚霞中自傲着他们的高洁。这里的天光也好像是格外的澄清，方才下午的天真是一青到底，一屑云气都没有，这时候沿湖蒸起了薄霭，也有三两条古铜色的冻云在对岸的山峰间横亘着。方才我写信给一个朋友说这雪地里的静是一种特有的意境，最使人发生遐想。我面对着这伟大的自然，不由我不内动了感兴；我的身体虽只是这冰天雪地里一个微蚁，但我内心顿时扩大了，思想与情感却仿佛要冲破这渺小的躯体，向没遮拦的天空飞去。朋友们，你们有我的想念；我早已想写信给你们，要你们知道我是随时记着你们的，我不曾早着笔也有我的打算；这一路来忙着转车，不曾有一半天的安逸；长白山边，松花江畔，都叫利欲的人间薰改了气味，那时我便提笔亦只有厌恶与愤慨；今天难得有贝加尔湖的晴爽，难得有我自己心怀的舒畅，所以我抖擞精神，决意来开始这番漫游的通信。

今天我不仅想念我的朋友，我也想念我的新月。

我快离京的时候，有几位朋友听说我要到欧洲去，就很替新月社担忧；他们说你这一去新月社一定受影响，即使不至于关门恐怕难免狼狈。这话我听了很不愿意，因为在这话里可以看出一般人对于新月社究竟是什么一回事并没有应有的了解。

但是这也不能深怪，因为我们志愿虽则有，到现在为止却并不曾有相当的事迹来证实我们的志愿，所以外界如其不甚了解乃至误解新月社的旨趣的，我们除了自己还怨谁去？我是发起这志愿最早的一个人，凭这个资格我想来说几句关于新月的话。

组织是有形的，理想是看不见的，新月初起时只是少数人共同的一个想望，那时的新月社只是个口头的名称，与现在松树胡同七号那个新月社俱乐部可以说并没有怎样密切的关系。我们当初想望的是什么呢？当然只是书呆子们的梦想！我们想做戏，我们想集合几个人的力量，自编戏自演，要得的请人来看，要不得的反正自己好玩。说也可惨，去年四月里演的契珂腊要算我们这一年来唯一的成绩，而且还得多谢泰戈尔老先生的生日逼出来的！去年年底也曾忙了两三个星期想排演西林先

生的几个小戏，也不知怎的始终没有排成。随时产生的主意尽
有，想做这样，想做那样，但结果还是一事无成。

    同时，新月社的俱乐部，多谢黄子美先生的能干与劳力，
居然有了着落。房子不错，布置不坏，厨子合适，什么都好，
就是一件事为难——经费。开办费是徐申如先生（我的父亲）
与黄子美先生垫在那里的，据我所知，分文都没有归清。经常
费当然单靠社员的月费，照现在社员的名单计算，假如社员一
个个都能按月交费，收支勉强可以相抵。但实际上社费不易收
齐，支出却不能减少，但就一二两月看，已经不免有百数以外
的亏空。——但这情形是决不可以为常的。黄先生替我们大家
当差，做总管事，社里大小的事情哪一样能免得了烦他，他不
向我们要酬劳已是我们的便宜，再要他每月自掏腰包贴钱，实
在是太说不过去了。所以怪不得他最初听说我要到欧洲去，他

真的眼睛都瞪红了。他说你这不是存心拆台，我非给你拼命不可！固然黄先生把我与新月社的关系看得太过分些，但在他的确有他的苦衷，这里也不必细说，反正我住在里面，碰着缓急时他总还可以抓着一个，如果我要是一溜烟走了，跟着大爷们爱不交费就不交费，爱不上门就不上门。这一来黄爷岂不吃饱了黄连，含着一口的苦水叫他怎么办？原先他贴钱陪工夫费心思原想博大家一个高兴，如果要是大家一翻脸说办什么俱乐部这不是你自个儿活该，那可不是随便开的玩笑？黄爷一灰心，不用提第一个就咒徐志摩，他真会拿手枪来找我都难说哩！所以我就为预防我个人的安全起见也得奉求诸位朋友们协力帮忙，维持这俱乐部的生命。

这当然是笑话。认真说，加入大多数的社员的进社都是为敷衍交情来的，实际上对于新月社的旨趣及它的前途并没有多大的同情，那事情倒好办。新月社有的是现成的设备，也不能算恶劣，我们尽可以趁早来拍卖，好在西交民巷就在间壁，不怕没有主顾，有余利可赚都说不定哩！搭台难坍台还不容易，要好难，下流还不容易。银行家要不出相当的价钱，政客先生们那里也可以想法，反正只要开办费有了着落，大家散伙就完事。

但那是顶凄惨的末路，不必要的一个设想；我们尽可以向着光亮处寻路。我们现在不必问社员们究竟要不要这俱乐部，俱乐部已经在那儿，只要大家尽一分子的力量，事情就好办。问题是在我们这一群人，在这新月的名义下结成一体，宽紧不论，究竟想做些什么？我们几个创始人得承认在这两个月内我们并没有露我们的棱角。在现今的社会里，做事不是平庸便是下流，做人不是懦夫便是乡愚。这露棱角（在有棱角可露的）几乎是我们对人对己两负的一种义务。有一个要得的俱乐部，有舒服的沙发躺，有可口的饭菜吃，有相当的书报看，也就不坏；但这躺沙发决不是结社的宗旨，吃好菜也不是我们的目的。不错，我们曾经开过会来，新年有年会，元宵有灯会，还有什么古琴会、书画会、读书会，但这许多会也只能算是时令的点缀，社友偶尔的兴致，决不是真正新月的清光，决不是我们想象中的棱角。假如我们的设备只是书画棋琴外加茶酒，假如我们举措的目标只是有产有业阶级的先生太太们的娱乐消遣，那我们新月社岂不变了一个古式的新世界或是新式的旧世界了吗？这 petty bourgeois❶ 的味儿我第一个就受不了。同时神经敏锐的先生们对我们新月社已经发生了不少奇妙的端详。因为我们社友里有在银行里做事的，就有人说我们是资本家的机关；因为我们社友有一两位出名的政治家，就有人说我们是某党某系的机关；因为我们社友里有不少北大的同事，就有人说我们是北大学阀的机关；因为我们社友里有男有女，就有人说我们是过激派。这类的闲话多着哩；但这类的脑筋正仿佛那位

❶ 小资产阶级。

117

躺在床上喊救命的先生，他睡梦中见一只车轮大的怪物张着血盆大的口要来吃他，其实只是他夫人那里的一个跳蚤爬上了他的腹部！

跳蚤我们是不怕的，但露不出棱角来是可耻的。这时候，我一个人在西伯利亚大雪地里空吹也没有用，将来要有事情做，也得大家协力帮忙才行。几个爱做梦的人，一点子创作的能力，一点子不服输的傻气，合在一起，什么朝代推不翻，什么事业做不成？当初罗刹蒂❶一家几个兄妹合起莫利思❷、朋琼司❸几个朋友在艺术界里就打开了一条新路，萧伯纳❹、韦伯夫妇❺合在一起在政治思想界里也就开辟了一条新道。新月新月，难道我们这新月便是用纸板剪的不成？朋友们等着，兄弟上阿尔帕斯❻的时候再与你们谈天。

一九二四年秋在北京师范大学

---

❶ 罗刹蒂：即英国拉斐尔前派的代表人物但丁·加百利·罗赛蒂。

❷ 莫利思：即工艺美术运动领军者、英国著名社会主义活动家威廉·莫里斯。

❸ 朋琼司：即英国画家、莫里斯的多年好友伯思·琼斯。

❹ 萧伯纳：爱尔兰剧作家。

❺ 韦伯夫妇：即费边社创始人之一。

❻ 阿尔帕斯：现在一般译作阿尔卑斯。

读 与 思

　　泰戈尔是印度著名诗人和哲学家。他的诗歌风格在当时大胆创新、别具一格，其作品《飞鸟集》《园丁集》《新月集》等对中国诗歌影响极深，如郭沫若、冰心等作家，无不是在他的影响下写下诸多著作。

『话』（节选）

提示导读

这篇文章值得反复品读。生活中的我们应该如何说话？就像诗人说的，一切都在我们自己。面对别人说的话如何甄别？在诗人看来更需要保持自我的心灵自由。一个人拥有纯真的本性是十分重要的，让语言发挥出更准确的价值，让你的思想精髓也时刻体现其中，这需要自觉的努力。诗人旁征博引，用了很多古今中外的例子来阐述"话"的重要性，他在文中写道，"一句话可以泄露你心灵的浅薄，一句话可以证明你自觉的努力，一句话可以表示你思想的糊涂，一句话可以留下永久的印象"，让人受益匪浅。

　　我前面说过所有的生命只是个性的表现。只要在有生的期间内，将天赋可能的个性尽量地实现，就是造化旨意的完成。

我这几天在留心我们馆里的月季花，看它们结苞，看它们开放，看它们逐渐地盛开，看它们逐渐地憔悴，逐渐地零落。

我初动的感情觉得是可悲，何以美的幻象这样的易灭，但转念却觉得不但不必为花悲，而且感悟了自然生生不已的妙意。花的责任，就在集中它春来所吸收阳光雨露的精神，开成色香两绝的好花，精力完了便自落地成泥，圆满功德，明年再来过。

只有不自然地被摧残了，不能实现它自傲色香的一两天，那才是可伤的耗费。

不自然地杀灭了发展的机会，才是可惜，才是违反天意。

我们青年人应该时时刻刻把这个原则放在心里。不能在我生命里实现人之所以为人，我对不起自己。在为人的生活里不能实现我之所以为我，我对不起生命；这个原则我们也应该时时放在心里。

我们人类最大的幸福与权力，就是在生活里有相当的自由活动，我们可以自觉地调剂、整理、修饰、训练我们生活的态度，我们既然了解了生活只是个性的表现，只是一种艺术，就应得利用这一点特权将生活看作艺术品，谨慎小心地做去。运命论我们是不相信的，但就是相面算命先生也还承认心有改相致命的力量。环境论的一部分我们不得不承认，但是心灵支配环境的可能，至少也与环境支配生活的可能相等，除非我们自愿让物质的势力整个儿扑灭了心灵的发展，那才是生活里最大的悲惨。

我们的一生不成材不碍事：材是有用的意思；不成器也不碍事，器也是有用的意思。生活却不可不成品，不成格，品格就是个性的外现，是对于生命本体，不是对于其余的标准，例如社会家庭——直接担负的责任；橡树不是榆树，翠鸟不是鸽子，各有各的特异的品格。在造化的观点看来，橡树不是为柜子衣架而生，鸽子也不是为我们爱吃五香鸽子而存，这是它们偶然的用或被利用，物之所以为物的本义是在实现它天赋的品性，实现内部精力所要求的特异的格调。我们生命里所包含的活力，也不问你在世上做将，做相，做资本家，做劳动者，做国会议员，做大学教授，而只要求一种特异品格的表现，独一的，自成一体的，不可以第二类相比称的，犹之一树上没有两张绝对相同的叶子，我们四万万人里也没有两个相同的鼻子。

而要实现我们真纯的个性，绝不是仅仅在外表的行为上务为新奇、务为怪僻——这是变性不是个性——真纯的个性是心灵的权力能够统制与调和身体，理智、情感、精神，种种造成人格的机能以后自然流露的状态，在内不受外物的障碍，像分光镜似的灵敏，不论是地下的泥沙，不论是远在万万里外的星辰，只要光路一对准，就能分出它光浪的特性；一次经验便是一次发明，因为是新的结合，新的变化。有了这样的内心生活，发之于外，当然能超于人为的条例而能与更深奥却更实在的自然规律相呼应，当然能实现一种特异的品与格，当然能在这大自然的系统里尽他特异的贡献，证明他自身的价值。

懂了物各尽其性的意义再来观察宇宙的事物，实在没有一件东西不是美的，一叶一花是美的不必说，就是毒性的虫，比如蝎子，比如蚂蚁，都是美的。只有人，造化期望最深的人，却是最辜负的，最使人失望的，因为一般的人，都是自暴自弃，非但不能尽性，而且到底总是糟蹋了原来可以为美可以为善的本质。

惭愧呀，人！好好一张可以做好文章的题目，却被你写作一篇一窍不通的滥调；好好一个画题，好好一张帆布，好好的颜色，都被你涂成奇丑不堪的滥画；好好的雕刀与花岗石，却被你斫成荒谬恶劣的怪象！好好的富有灵性可以超脱物质与普遍的精神共化永生的生命，却被你糟蹋亵渎成了一种丑陋庸俗卑鄙龌龊的废物！

生活是艺术。我们的问题就在怎样地运用我们现成的材料，实现我们理想的作品；怎样的可以像米仡朗其罗一样，取到了一大块矿山里初开出来的白石，一眼望过去，就看出他想象中的造像，已经整个地嵌稳着，以后只要打开石子把他不受损伤地取了出来的工夫就是。所以我们再也不要抱怨环境不好、不适宜，阻碍我们自由的发展，或是教育不好、不适宜，不能奖励我们自由的发展。发展或是压灭，自由或是奴从，真生命或是苟活，成品或是无格——一切都在我们自己，全看我们在青年时期有否生命的觉悟，能否培养与保持心灵的自由，能否自觉地努力，能否把生活当作艺术，一笔不苟地做去。我所以回返重复地说明真消息、真意义、真教育，绝非人口或书本子可以宣传的，只有集中了我们的灵感性直接地面向生命本体，面向大自然耐心去研究、体验、审察、省悟，方才可以多少了解生活的趣味与价值与它的神圣。

因为思想与意念，都起于心灵与外象的接触：创造是活动与变化的结果。真纯的思想是一种想象的实在，有它自身的品格与美，是心灵境界的彩虹，是活着的胎儿。但我们同时有智力的活动，感动于内的往往有表现于外的倾向——大画家米莱氏说深刻的印象往往自求外现，而且自然会寻出最强有力的方法来表现——结果无形的意念便化成有形可见的文字或是有声可闻的语言，但文字语言最高的功用就在能象征我们原来的意念，它的价值也止于凭借符号的外形，暗示它们所代表的当时的意念。而意念自身又无非是我们心灵的照海灯偶然照到实在的海里的一波一浪或一岛一屿。文字语言本身又是不完善的工具，再加之我们运用驾驭力的薄弱，所以文字的表现很难得是勉强可以满足的。我们随便翻开哪一本书，随便听人讲话，就可以发现各式各样的文字障与语言习惯障，所以既然我们自己用语言文字来表现内心的现象已经至多不过勉强适用，我们如何可以期望满心只是文字障与语言习惯障的他人，能从呆板的符号里领悟到我们一时神感的意念。佛教所以有禅宗一派，以不言传道，是很可寻味的——达摩面壁十年，就在解脱文字障直接明心见道的工夫。现在的所谓教育尤其是离本更远，即使教育的材料最初是有多少活的成分，但经了几度的转换，无意识地传授，只能变成死的训条——穆勒约翰说的"Dead dogma"不是"living idea"。我个人所以根本不信任人为的教育能有多大的价值，对于人生少有影响不用说，就是认为灌输知识的方法，照现有的教育看来，也免不了硬而且蠢的机械性。

但反过来说，既然人生只是表现，而语言文字又是人类进化到现在最适用的工具，我们明知语言文字如同政府与结婚一样是一件不可免的没奈何事，或如尼采说的是"人心的牢狱"，我们还是免不了它。我们只能想法使它增加适用性，不能抛弃了不管。我们只能做两部分的工夫：一方面消极地防止文字障语言习惯障的影响；一方面积极地体验心灵的活动，极谨慎地、极严格地在我们能运用的字类里选出最确切、最明了、最无疑义的代表。

这就是我们应该应用"自觉的努力"的一个方向。你们知道法国有个大文学家弗洛贝尔，他有一个信仰，以为一个特异的意念只有一个特异的字或字句可以表现，所以他一辈子艰苦卓绝的从事文学的日子，只是在寻求唯一适当的字句来代表唯一相当的意念。他往往不吃饭不睡，呆呆地独自坐着，绞着脑筋地想，想寻出他称心惬意的表现，有时他烦恼极了，往往想出了神，几天写不成一句句子。试想象他那样伟大的天才，那样丰富的学识，尚且要下这样的苦工，方才制成不朽的文学，我们看了他的榜样不应该感动吗？

不要说下笔写，就是平常说话，我们也应有相当的用心——一句话可以泄露你心灵的浅薄，一句话可以证明你自觉的努力，一句话可以表示你思想的糊涂，一句话可以留下永久的印象。这不是说说话要漂亮、要流利、要有修辞的功夫，那都是不重要的；最重要的是对内心意念的忠实，与适当的表现。

固然有了清明的思想，方能有清明的语言，但表现的忠实，与不苟且运用文字的决心，也就有纠正松懈的思想与警醒心灵的功效。

我们知道说话是表现个性极重要的方法，生活既然是一个整体的艺术，说话当然是这艺术里的重要部分。极高的工夫往往可以从极小的起点做去，我们实现生命的理想，也未始不可从注意说话做起。

读 与 思

多样的世界，复杂的社会，多彩的生活，我们每天都要面对各种人说的"话"，你是如何应对的呢？看了诗人的这篇文章，你是否有一些启发呢？如果你学会了甄别，学会真实地表达自我情感，你的生活可能会明朗很多，你会发现"话"是多么的重要。在你的人生经历中，你是如何面对现实生活中或网络中的"话"的？写一写你的感受吧。

自剖

导读提示

诗人能够对自我进行深入的剖析是勇敢且可贵的。我们可以感受到诗人文字背后的痛苦与迷茫，不断地深思和挖掘灵魂深处的真性。内心的"性灵"是很难捉摸又很深刻的，诗人却用娴熟的笔风让读者与之产生共鸣，也尝试着和自己的内心来一场真实的"对话"，试图解决自身的精神危机和面对的很多困惑，这种自我意识的觉醒也再次警醒读者，要不断地追问自己经历的过往，去发现和获得本来应该属于我们的幸福。

　　我是个好动的人：每回我身体行动的时候，我的思想也仿佛跟着跳荡。我做的诗，不论它们是怎样的"无聊"，有不少是在行旅期中想起的。我爱动，爱看动的事物，爱活泼的人，爱水，爱空中的飞鸟，爱车窗外掣过的田野山水。星光的闪动，草叶上露珠的颤动，花须在微风中的摇动，雷雨时云空的变动，大海中波涛的汹涌，都是在触动我感兴的情景。是动，不论是什么性质，就是我的兴趣，我的灵感。是动就会催快我的呼吸，加添我的生命。

近来却大大地变样了。第一我自身的肢体，已不如原先灵活；我的心也同样的感受了不知是年岁还是什么的拘挛。动的现象再不能给我欢喜，给我启示。先前我看着在阳光中闪烁的金波，就仿佛看见了神仙宫阙——什么荒诞美丽的幻觉不在我的脑中一闪闪地掠过；现在不同了，阳光只是阳光，流波只是流波，任凭景色怎样的灿烂，再也照不化我的呆木的心灵。我的思想，如其偶尔有，也只似岩石上的藤萝，贴着枯干的粗糙的石面，极困难地蜒着；颜色是苍黑的，姿态是倔强的。

我自己也不懂得何以这变迁来得这样的兀突，这样的深彻。原先我在人前自觉竟是一注的流泉，时时有飞沫，时时有闪光；现在这泉眼，如其还在，仿佛是叫一块石板不留余隙地给镇住了。我再没有先前那样蓬勃的情趣，每回我想说话的时候，就觉着那石块的重压，怎么也掀不动，怎么也推不开，结果只能自安沉默！"你再不用想什么了，你再没有什么可想的了"；"你再不用开口了，你再没有什么话可说的了"，我常觉得我沉闷的心府里有这样半嘲讽半吊唁的谆嘱。

说来我思想上或经验上也并不曾经受什么过分剧烈的戟刺。我处境是向来顺的，现在，如其有不同，只是更顺了的。

那么为什么这变迁？远的不说，就比如我年前到欧洲去时的心境：啊！我那时还不是一只初长毛角的野鹿？什么颜色不激动我的视觉？什么香味不兴奋我的嗅觉？我记得我在意大利写游记的时候，情绪是何等的活泼，兴趣是何等的醇厚，一路来眼见耳听心感的种种，哪一样不活栩栩地丛集在我的笔端，争求充分的表现！如今呢？我这次到南方去，来回也有一个多月的光景，这期内眼见耳听心感的事物也该有不少。我未动身前，又何尝不自喜此去又可以有机会饱餐西湖的风色，邓尉的梅香——单提一两件最合我脾胃的事，有好多朋友也曾期望我在这闲暇的假期中采集一点江南风趣，归来时，至少也该带回一两篇爽口的诗文，给在北京泥土的空气中活命的朋友们一些清醒的消遣。但在事实上不但在南方时我白瞪着大眼，看天亮换天昏，又闭上了眼，拼天昏换天亮，一支秃笔跟着我涉海去，又跟着我涉海回来，正如岩洞里的一根石笋，压根儿就没一点摇动的消息；就在我回京后这十来天，任凭朋友们怎样的催促，自己良心怎样的责备，我的笔尖上还是滴不出一点墨汁来。我也曾勉强想想，勉强想写，但到底还是白费！可怕是这心灵骤然的呆顿。完全死了不成？我自己在疑惑。

　　说来是时局也许有关系。我到京几天就逢着空前的血案❶。五卅事件发生时我正在意大利山中，采茉莉花编花篮儿玩，翡

---

❶ 指"三一八"惨案。段祺瑞政府向游行的进步学生和爱国群众开枪。

冷翠山中只见明星与流萤的交唤，花香与山色的温存，俗氛是吹不到的。直到七月间到了伦敦，我才理会国内风光的惨淡，等得我赶回来时，设想中的激昂，又早变成了明日黄花，看得见的痕迹只有满城黄墙上墨彩斑斓的"泣告"。

这回却不同。屠杀的事实不仅是在我住的城子里发现，我有时竟觉得是我自己的灵府里的一个惨象。杀死的不仅是青年们的生命，我自己的思想也仿佛遭着了致命的打击，好比是国务院前的断头残肢，再也不能恢复生动与连贯。但这深刻的难受在我是无名的，是不能完全解释的。这回事变的奇惨性引起愤慨与悲切是一件事，但同时我们也知道在这根本起变态作用的社会里，什么怪诞的情形都是可能的。屠杀无辜，还不是年来最平常的现象。自从内战纠结以来，在受战祸的区域内，哪一处村落不曾分到过屠残的骨肉，供牺牲的生命财产？这无非是给冤氛团结的地面上多添一团更集中更鲜艳的怨毒。再说哪一个民族的解放史能不浓浓地染着Martyrs❶的腔血？俄国革命的开幕就是二十年前冬宫的血景。只要我们有识力认定，有胆量实行，我们理想中的革命，这回羔羊的血就不会是白涂的。所以我个人的沉闷绝不完全是这回惨案引起的感情作用。

爱和平是我的生性。在怨毒、猜忌、残杀的空气中，我的神经每每感受一种不可名状的压迫。记得前年奉直战争时我过

---

❶ 英语，烈士。

的那日子简直是一团黑漆，每晚更深时，独自抱着脑壳伏在书桌上受罪，仿佛整个时代的沉闷盖在我的头顶——直到写下了《毒药》那几首不成形的诗以后，我心头的紧张才渐渐地缓和下去。这回又有同样的情形；只觉着烦，只觉着闷，感想来时只是破碎，笔头只是笨滞。结果身体也不舒畅，像是蜡油涂抹住了全身毛窍似的难过，一天过去了又是一天，我这里又在重演更深独坐箍紧脑壳的姿势，窗外皎洁的月光，分明是在嘲讽我的内心的枯窘！

不，我还得往更深处挖。我不能叫这时局来替我思想骤然

的呆顿负责，我得往我自己生活的底里找去。

平常有几种原因可以影响我们的心灵活动。实际生活的牵掣可以刮去我们心灵所需要的闲暇，积成一种压迫。在某种热烈的想望不曾得满足时，我们感觉精神上的烦闷与焦躁，失望更是颠覆内心平衡的一个大原因；较剧烈的种类可以麻痹我们的灵智，淹没我们的理性。但这些都合不上我的病源；因为我在实际生活里已经得到十分的幸运。我的潜在意识里，我敢说不该有什么压着的欲望在作怪。

但是在实际上反过来看，另有一种情形可以阻塞或是减少你心灵的活动。我们知道舒服、健康、幸福，是人生的目标，我们因此推想我们痛苦的起点是在望见那些目标而得不到的时候。我们常听人说，"假如我像某人那样生活无忧我一定可以好好地做事，不比现在整天的精神全花在琐碎的烦恼上。"我们又听说，"我不能做事就为身体太坏；若是精神来得，那就……"我们又常常没想幸福的境界，我们想，"只要有一个意中人在跟前，那我一定奋发，什么事做不到？"但是不，在事实上，舒服、健康、幸福，不但不一定是帮助或奖励心灵生活的条件，它们有时正得相反的效果。我们看不起有钱人，在社会上得意人，肌肉过分发展的运动家，也正在此；至于年少人幻想中的美满幸福，我敢说等得当真有了红袖添香，你的书也就读不出所以然来，且不说什么在学问上或艺术上更认真的工作。

那儿生活的满足是我的病源吗?

"在先前的日子,"一个真知我的朋友,就说:"正为是你生活不得平衡,正为你有欲望不得满足,你的压在内里的欲望就形成一种升华的现象,结果你就借文学来发泄你生理上的郁结(你不常说你是从事文学是一件不预期的事吗?);这情形又容易在你的意识里形成一种虚幻的希望,因为你的写作得到一部分赞许,你就自以为确有相当创作的天赋以及独立思想的能力。但你只是自冤自,实在你并没有什么超人一等的天赋,你的设想多半是虚荣,你的以前的成绩只是升华的结果。所以现在等得你生活换了样,感情上有了安顿,你就发现你向来写作的来源顿呈萎缩甚至枯竭的现象;而你又不愿意承认这情形的实在,妄想到你身子以外去找你思想枯窘的原因,所以你就不由得感到深刻的烦闷。你只是对你自己生气,不甘心承认你自己的本相。不,你原来并没有三头六臂的!

"你对文艺并没有真兴趣,对学问并没有真热心。你本来没有什么更高的志愿,除了相当合理的生活,你只配安分做一个平常人,享你命里注定的'幸福';在事业界,在文艺创作界,在学问界内,全没有你的位置,你真的没有那能耐。不信你只要自问在你心里的心里有没有那无形的'推力',整天整夜地恼着你,逼着你,督着你,放开实际生活的全部,单望着不可捉摸的创作境界里去冒险?是的,顶明显的关键就是那无形的推力或是行动(The Impulse),没有它人类就没有科学,没有文学，没有艺术，没有一切超越功利实用性质的创作。你知道在国外（国内当然也有，许没那样多）有多少人被这无形的推力驱使着，在实际生活上变成一种离魂病性质的变态动物，不但人间所有的虚荣永远沾不上他们的思想，就连维持生命的睡眠饮食，在他们都失了重要，他们全部的心力只是在他们那无形的推力所指示的特殊方向上集中应用。怪不得有人说天才是疯癫；我们在巴黎伦敦不就到处碰得着这类怪人？如其他是一个美术家，恼着他的就只怎样可以完全表现他那理想中的形体；一个线条的准确，某种色彩的调谐，在他会得比他生身父母的生死与国家的存亡更重要，更迫切，更要求注意。我们知道专门学者有终身掘坟墓的，研究蚊虫生理的，观察亿万万里外一个星的动定的。并且他们绝不问社会对于他们的劳力有否任何的认识，那就是虚荣的进路；他们是被一点无形的推力的魔鬼蛊定了的。

"这是关于文艺创作的话，你自问有没有这种情形。你也许经验过什么'灵感'，那也许有，但你却不要把刹那误认作永久的，虚幻认作真实。至于说思想与真实学问的话，那也得背后有一种推力，方向许不同，性质还是不变。做学问你得有原动的好奇心，得有天然热情的态度去做求知识的工夫。真思想家的准备，除了特强的理智，还得有一种原动的信仰；信仰或寻求信仰，是一切的思想的出发点：极端的怀疑派思想也只是期望重新位置信仰的一种努力。从古来没有一个思想家不是宗教性的。在他们，各按各的倾向，一切人生的和理智的问题是实在有的；神的有无，善与恶，本体问题，认识问题，意志自由问题，在他们看来都是含逼迫性的现象，要求合理的解答比山岭的崇高，水的流动，爱的甜蜜更真，更实在，更耸动。他们的一点心灵，就永远在他们设想的一种或多种问题的周围飞舞、旋绕，正如灯蛾之于火焰：牺牲自身来贯彻火焰中心的秘密，是他们共有的决心。

"这种惨烈的情形，你怕也没有吧？我不说你的心幕上就没有思想的影子；但它们怕只是虚影，像水面上的云影，云过影子就跟着消散，不是石上的溜痕越日久越深刻。

"这样说下来，你倒可以安心了！因为个人最大的悲剧是设想一个虚无的境界来谎骗你自己；骗不到底的时候你就得忍受'幻灭'的莫大的苦痛。与其那样，还不如及早认清自己的深浅，不要把不必要的负担，放上支撑不住的肩背，压坏你自己，还难免旁人的笑话！朋友，不要迷了，定下心来享你现成的福分吧；思想不是你的分，文艺创作不是你的分，独立的事业更不是你的分！天生扛了重担来的那也没法想（哪一个天才不是活受罪！）你原来是轻松的，这是多可羡慕，多可贺喜的一个发现！算了吧，朋友！"

一九二六年三月二十五日至四月一日

读与思

　　读完这篇文章，同学们是不是看到了诗人的另一面？文中最后写道"你是原来轻松的，这是多可羡慕，多可贺喜的一个发现！算了吧，朋友！"诗人是找到了一个难得的精神知己，你是否和他有过同样的经历呢？发现了一个不同的自己，或是在你的生活中，也有自己特别可贵的知心朋友，把难忘的经历写下来吧。

泰戈尔

这篇文章是1924年5月徐志摩在印度诗人泰戈尔离开中国前于北京真光剧场做的演讲，陈词恳切，感情充沛，情感真挚。泰戈尔的诗作在中国流传甚广，有一定的影响力。这篇演讲表达出了诗人对泰戈尔为人的敬爱和钦佩，也希望当时的中国年轻人不应该对他的善意有所偏见，感受到泰戈尔对中国的热情及对中国青年人的温暖与期待。诗人的演讲一气呵成，语言精妙，体现着诗人的真性情。

　　我有几句话想趁这个机会对诸君讲，不知道你们有没有耐心听。泰戈尔先生快走了，在几天内他就离别北京，在一两个星期内他就告别中国。他这一去大约是不会再来的了。也许他永远不能再到中国。

他是六七十岁的老人，他非但身体不强健，他并且是有病的。所以他要到中国来，不但他的家属，他的亲戚朋友，他的医生，都不愿意他冒险，就是他欧洲的朋友，比如法国的罗曼·罗兰，也都有信去劝阻他。他自己也曾经踌躇了好久，他心里常常盘算他如到中国来，他究竟能不能够给我们好处，他想中国人自有他们的诗人、思想家、教育家，他们有他们的智慧、天才、心智的财富与营养，他们更用不着外来的补助与戟刺，我只是一个诗人，我没有宗教家的福音，没有哲学家的理论，更没有科学家实利的效用，或是工程师建设的才能，他们要我去做什么，我自己又为什么要去，我有什么礼物带去满足他们的盼望。他真的很觉得迟疑，所以他延迟了他的行期。但是他也对我们说到冬天完了春风吹动的时候（印度的春风比我们的吹得早），他不由得感觉了一种内迫的冲动，他面对着逐渐滋长的青草与鲜花，不由得抛弃了，忘却了他应尽的职务，不由得解放了他的歌唱的本能，和着新来的鸣雀，在柔软的南风中开怀地讴吟。同时他收到我们催请的信，<u>我们青年盼望他的诚意与热心，唤起了老人的勇气。</u>他立即定夺了他东来的决心。他说趁我暮年的肢体不曾僵透，趁我衰老的心灵还能感受，决不可错过这最后唯一的机会，这博大、从容、礼让的民族，我幼年时便发心朝拜，与其将来在黄昏寂静的境界中萎衰地惆怅，毋宁利用这夕阳未暝时的光芒，了却我晋香人的心愿？

他所以决意东来，他不顾亲友的劝阻，医生的警告，不顾

141

自身的高年与病体，他也撇开了在本国一切的任务，跋涉了万里的海程，他来到了中国。

自从四月十二在上海登岸以来，可怜老人不曾有过一半天完整的休息，旅行的劳顿不必说，单就公开的演讲以及较小集会时的谈话，至少也有了三四十次！他的，我们知道，不是教授们的讲义，不是教士们的讲道，他的心府不是堆积货品的栈房，他的辞令不是教科书的喇叭。他是灵活的泉水，一颗颗颤动的圆珠从他心里兢兢地泛登水面，都是生命的精液；他是瀑布的吼声，在白云间，青林中，石罅里，不住地欢响；他是百灵的歌声，他的欢欣、愤慨、响亮的谐音，弥漫在无际的晴空。但是他是倦了。终夜的狂歌已经耗尽了子规的精力，东方的曙色亦照出他点点的心血染红了蔷薇枝上的白露。

老人是疲乏了。这几天他睡眠也不得安宁，他已经透支了他有限的精力。他差不多是靠散拿吐瑾❶过日的。他不由得不感觉风尘的厌倦，他时常想念他少年时在恒河边沿拍浮的清福，他想望椰树的清荫与曼果的甜瓤。

但他还不仅是身体的疲劳，他也感觉心境的不舒畅。这是很不幸的。我们做主人的只是深深的负歉。他这次来华，不为游历，不为政治，更不为私人的利益，他熬着高年，冒着病体，抛弃自身的事业，备尝行旅的辛苦，他究竟为的是什么？

---

❶ 散拿吐瑾：一种药的名字。

他为的只是一点看不见的情感，说远一点，他的使命是在修补中国与印度两民族间中断千余年的桥梁。说近一点，他只想感召我们青年真挚的同情。因为他是信仰生命的，他是尊崇青年的，他是歌颂青春与清晨的，他永远指点着前途的光明。悲悯是当初释迦牟尼证果的动机，悲悯也是泰戈尔先生不辞艰苦的动机。

现代的文明只是骇人的浪费，贪淫与残暴，自私与自大，相猜与相忌，飓风似的倾覆了人道的平衡，产生了巨大的毁灭。芜秽的心田里只是误解的蔓草，毒害同情的种子，更没有收成的希冀。在这个荒惨的境地里，难得有少数的丈夫，不怕阻难，不自馁怯，肩上扛着铲除误解的大锄，口袋里满装着新鲜人道的种子，不问天时是阴是雨是晴，不问是早晨是黄昏是黑夜，他只是努力地工作，清理一方泥土，施殖一方生命，同时口唱着嘹亮的新歌，鼓舞在黑暗中将次透露的萌芽。泰戈尔先生就是这少数中的一个。他是来广布同情的，他是来消除成见的。

我们亲眼见过他慈祥的阳春似的表情，亲耳听过他从心灵底里迸裂出的大声，我想只要我们的良心不曾受恶毒的烟煤熏黑，或是被恶浊的偏见污抹，谁不曾感觉他至诚的力量，魔术似的，为我们生命的前途开辟了一个神奇的境界，点燃了理想的光明？

所以我们也懂得他的深刻的懊怅与失望，如其他知道部分的青年不但不能容纳他的灵感，并且存心地诬毁他的热忱。我们固然奖励思想的独立，但我们绝不敢附和误解的自由。他生平最满意的成绩就在他永远能得青年的同情，不论在德国，在丹麦，在美国，在日本，青年永远是他最忠心的朋友。他也曾经遭受种种的误解与攻击，政府的猜疑与报纸的诬捏与守旧派的讥评，不论如何的谬妄与剧烈，从不曾扰动他优容的大量，他的希望，他的信仰，他的爱心，他的至诚，完全地托付青年。我的须，我的发是白的，但我的心却永远是青的，他常常对我们说，只要青年是我的知己，我理想的将来就有着落，我乐观的明灯永远不致黯淡。他不能相信纯洁的青年也会坠落在怀疑、猜忌、卑琐的泥溷，他更不能信中国的青年也会沾染不幸的污点。他真不预备在中国遭受意外的待遇。他很不自在，他很感觉异样的怆心。

因此精神的懊丧更加重他躯体的倦劳。他差不多是病了。

我们当然很焦急地期望他的健康，但他再没有心境继续他的讲演。我们恐怕今天就是他在北京公开讲演最后的一个机会。他有休养的必要。我们也决不忍再使他耗费有限的精力。他不久又有长途的跋涉，他不能不有三四天完全的养息。所以从今天起，所有已经约定的集会，公开与私人的，一概撤销，他今天就出城去静养。

我们关切他的一定可以原谅，就是一小部分不愿意他来作客的诸君也可以自喜战略的成功。他是病了，他在北京不再开口了，他快走了，他从此不再来了。但是同学们，我们也得平心地想想，老人到底有什么罪，他有什么负心，他有什么不可容赦的犯案？公道是死了吗，为什么听不见你的声音？

他们说他是守旧，说他是顽固。我们能相信吗？他们说他是"太迟"，说他是"不合时宜"，我们能相信吗？他自己是不能信，真的不能信。他说这一定是滑稽家的反调。他一生所遭逢的批评只是太新，太早，太急进，太激烈，太革命的，太理想的，他六十年的生涯只是不断的奋斗与冲锋，他现在还只是冲锋与奋斗。但是他们说他是守旧，太迟，太老。他顽固奋斗的物件只是暴烈主义、资本主义、帝国主义、武力主义、杀灭性灵的物质主义；他主张的只是创造的生活，心灵的自由，国际的和平，教育的改造，普爱的实现。

肮脏是在我们的政客与暴徒的心里，与我们的诗人又有什么关系？昏乱是在我们冒名的学者与文人的脑里，与我们的诗人又有什么亲属？我们何妨说太阳是黑的，我们何妨说苍蝇是真理？

同学们，听信我的话，像他的这样伟大的声音我们也许一辈子再不会听着的了。留神目前的机会，预防将来的惆怅！他的人格我们只能到历史上去搜寻比拟。他的博大的温柔的灵魂我敢说永远是人类记忆里的一次灵迹。他的无边的想象是辽阔的同情使我们想起惠德曼❶；他的博爱的福音与宣传的热心使我们记起托尔斯泰；他的坚韧的意志与艺术的天才使我们想起造摩西像的米仡朗琪罗；他的诙谐与智慧使我们想象当年的苏格拉底与老聃！他的人格的和谐与优美使我们想念暮年的；他的慈祥的纯爱的抚摩，他的为人道不厌的努力，他的磅礴的大声，有时竟使我们唤起救主的心像；他的光彩，他的音乐，他的雄伟，使我们想念奥林必克❷山顶的大神。他是不可侵凌的，不可逾越的，他是自然界的一个神秘的现象。他是三春和

---

❶ 现在一般译作惠德曼，美国诗人。

❷ 现在一般译作奥林匹克。

暖的南风，惊醒树枝上的新芽，增添处女颊上的红晕。他是普照的阳光。

他是一派浩瀚的大水，来自不可追寻的渊源，在大地的怀抱中终古地流着，不息地流着，我们只是两岸的居民，凭借这慈恩的天赋，灌溉我们的田稻，苏解我们的消渴，洗净我们的污垢。

他是喜马拉雅积雪的山峰，一般的崇高，一般的纯洁，一般的壮丽，一般的高傲，只有无限的青天枕藉他银白的头颅。

人格是一个不可错误的实在，荒歉是一件大事，但我们是饿惯了的，只认鸠形与鹄面是人生本来的面目，永远忘却了真健康的颜色与彩泽。标准的降低是一种可耻的堕落：我们只是踞坐在井底的青蛙，但我们更没有怀疑的余地。我们也许端详

东方的初白，却不能非议中天的太阳。我们也许见惯了阴霾的天时，不耐这热烈的光焰，消散天空的云雾，暴露地面的荒芜，但同时在我们心灵的深处，我们岂不也感觉一个新鲜的影响，催促我们生命的跳动，唤醒潜在的想望，仿佛是武士望见了前峰烽烟的信号，更不踌躇地奋勇向前？只有接近了这样超铁的纯粹的丈夫，这样不可错误的实在，我们方始相形地自愧我们的口不够阔大，我们的嗓音不够响亮，我们的呼吸不够深长，我们的信仰不够坚定，我们的理想不够莹澈，我们的自由不够磅礴，我们的语言不够明白，我们的情感不够热烈，我们的努力不够勇猛，我们的资本不够充实……

我自信我不是恣滥不切事理的崇拜，我如其曾经应用浓烈的文字，这是因为我不能自制我浓烈的感想。但是我最急切要声明的是，我们的诗人，虽则常常招受神秘的徽号，在事实上却是最清明、最有趣、最诙谐、最不神秘的生灵。他是最通达人情，最近人情的。我盼望有机会追写他日常的生活与谈话。

如其我是犯嫌疑的，如其我也是性近神秘的（有好多朋友这么说），你们还有适之先生的见证，他也说他是最可爱最可亲的个人：我们可以相信适之先生绝对没有"性近神秘"的嫌疑！所以无论他怎样的伟大与深厚，我们的诗人还只是有骨有血的人，不是野人，也不是天神。唯其是人，尤其是最富情感的人，所以他到处要求人道的温暖与安慰，他尤其要我们中国青年的同情与情爱。他已经为我们尽了责任，我们不应，更不忍辜负他的期望。同学们！爱你的爱，崇拜你的崇拜，是人情不是罪孽，是勇敢不是懦怯！

一九二四年五月十二日在真光讲

读 与 思

泰戈尔著名的诗句"生如夏花之绚烂，死如秋叶之静美"，直到今天都影响着众多年轻人。同学们读完这篇演讲稿，对泰戈尔的人格魅力有更深层、更多样的认识吗？演讲是一种社会活动，是用于公众场合的宣传形式，其有针对性、可讲性、鼓动性、整体性、口语性等诸多特点，这篇演讲稿也有这些特点吗？它和你平时读过的演讲稿有什么不同，请动笔写一写。

吊刘叔和

导读提示

❖❖❖

　　这篇吊文写得情真意切，朴实感人。诗人桌上只放着小彼得和刘叔和的照片，说明他对刘叔和的情义之深。当诗人处在被人质疑和不解的境遇中时，刘叔和依然默默地支持他。文中回忆了他们两渡大西洋时的情景："我与叔和同船到美国，那时还不熟；后来同在纽约一年差不多每天会面的，但不可忘的是我与他同渡大西洋的日子。"文中还有很多细节描写，凸显了刘叔和的性格特征。两个年轻人彼此信任，互相扶持，共同进步，是多么难得的精神知己。刘叔和让诗人久久难忘。

　　一向我的书桌上是不放相片的。这一月来有了两张，正对我的座位，每晚更深时就只他们俩看着我写，伴着我想；院子里偶尔听着一声清脆，有时是虫，有时是风卷败叶，有时，我想象，是我们亲爱的故世人从坟墓的那一边吹过来的消息。

伴着我的一个是小，一个是"老"，小的就是我那三月间死在柏林的彼得，老的是我们钟爱的刘叔和，"老老"。彼得坐在他的小皮椅上，抿紧着他的小口，圆睁着一双秀眼，仿佛性急要妈拿糖给他吃，多活灵的神情！但在他右肩的空白上分明题着这几行小字："我的小彼得，你在时我没福见你，但你这可爱的遗影应该可以伴我终身了。"老老是新长上几根看得见的上唇须，在他那件常穿的缎褂里欠身坐着，严正在他的眼内，和蔼在他的口颔间。

让我来看。有一天我邀他吃饭，他来电说病了不能来，顺便在电话中他说起我的彼得。（在襁褓时的彼得，叔和在柏林也曾见过。）他说我那篇悼儿文做得不坏；有人素来看不起我的笔墨的，他说，这回也相当赞许了。我此时还分明记得他那天通电时着了寒发沙的嗓音！我当时回他说多谢你们夸奖，但我却觉得凄惨，因为我同时不能忘记那篇文字的代价，是我自己的爱儿。过了几天适之来说："老老病了，并且他那病相不好，方才我去看他，他说适之我的日子已经是可数的了。"他那时住在皮宗石家里。我最后见他的一次，他已在医院里。他那神色真是不好，我出来就对人讲，他的病中医叫作湿瘟，并且我分明认得它，他那眼内的钝光，面上的涩色，一年前我那表兄沈叔薇弥留时我曾经见过——可怕的认识，这侵蚀生命的病征。可怜少鲧的老老，这时候病榻前竟没有温存的看护；我与他说笑："至少在病苦中有妻子毕竟强似没妻子，老老，你不懊丧续弦不及早吗？"那天我喂了他一餐，他实在是动弹不得；但我向他道别的时候，我真为他那无告的情形不忍。（在客地的单身朋友们，这是一个切题的教训，快些成家，不要过于挑剔了吧；你放平在病榻上时才知道没有妻子的悲惨！到那时，比如叔和，可就太晚了。）

叔和没了。但为你，叔和，我却不曾掉泪。这年头也不知怎的，笑自难得，哭也不得容易。你的死当然是我们的悲痛，但转念这世上惨淡的生活其实是无可沾恋，趁早隐了去，谁说一定不是可羡慕的幸运？况且近年来我已经见惯了死，我再也不觉得它的可怕。可怕是这烦嚣的尘世：蛇蝎在我们的脚下，鬼祟在市街上，霹雳在我们的头顶，噩梦在我们的周遭。在这伟大的迷阵中，最难得的是遗忘；只有在简短地遗忘时，我们才有机会恢复呼吸的自由与心神的愉快。谁说死不就是个悠久的遗忘的境界？谁说墓窟不就是真解放的进门？

但是随你怎样看法，这生死间的隔绝，终究是个无可奈何的事实，死去的不能复活，活着的不能到坟墓的那一边去探望。到绝海里去探险我们得合伙，在大漠里游行我们得结伴；我们到世上来做人，归根说，还不只是惝惝地来寻访几个可以共患难的朋友，这人生有时比绝海更凶险，比大漠更荒凉，要不是这点子友人的同情我第一个就不敢向前迈步了，叔和真是我们的一个。他的性情是不可信的温和，"顶好说话的老老"；

但他每当论事，却又绝对地不苟同，他的议论，在他起劲时，就比如山壑间雨后的乱泉，石块压不住它，蔓草掩不住它。谁不记得他那永远带伤风的嗓音，他那永远不平衡的肩背，他那怪样的激昂的神情？通伯在他那篇《刘叔和》里说起当初在海外老老与傅孟真的豪辩，有时竟连"讷讷不多言"的他，也"免不了加入他们的战队"。这三位衣常敝、履无不穿的"大贤"在伦敦东南隅的陋巷，点煤汽油灯的斗室里，真不知有多

少次借光柏拉图与卢骚[1]与斯宾塞的迷力，欺骗他们空虚的肠胃——至少在这一点他们三位是一致同意的！但通伯却忘了告诉我们他自己每回入战团时的特别情态，我想我应得替他补白。我方才用乱泉比老老，但我应得说他是一串野火，焰头是斜着去的；傅孟真，不用说，更是一串野火，更猖獗，焰头是

---

[1] 即卢梭。

斜着来的；这一去一来就发生了不得开交的冲突。在他们最不得开交时，劈头下去了一剪冷水，两串野火都吃了惊，暂时翳了回去。那一剪冷水就是通伯；他是出名浇冷水的圣手。

啊，那些过去的日子！枕上的梦痕，秋雾里的远山。我此时又想起初渡太平洋与大西洋时的情景了。我与叔和同船到美国，那时还不熟；后来同在纽约一年差不多每天会面的，但最不可忘的是我与他同渡大西洋的日子。那时我正迷上尼采，开口就是那一套沾血腥的字句。

我仿佛跟着查拉图斯脱拉登上了哲理的山峰，高空的清气在我的肺里，杂色的人生横亘在我的眼下。船过必司该海湾❶的那天，天时骤然起了变化：岩片似的黑云一层层累叠在船的头顶，不漏一丝天光，海也整个翻了，这里一座高山，那边一个深谷，上腾的浪尖与下垂的云爪相互地纠拿着；风是从船的侧面来的，夹着铁梗似粗的暴雨，船身左右侧地倾欹着。这时候我与叔和在水发的甲板上往来地走——哪里是走，简直是滚，多强烈的震动！霎时间雷电也来了，铁青的云板里飞舞着万道金蛇，涛响与雷声震成了一片喧阗，大西洋险恶的威严在这风暴中尽情地披露了。"人生，"我当时指给叔和说，"有时还不止这凶险，我们有胆量进去吗？"那天的情景益发激发了我们的谈兴，从风起直到风定；从下午直到深夜，我分明记

---

❶ 必司该海湾：现在一般译作比斯开湾。

得，我们俩在沉酣的论辩中遗忘了一切。

今天国内的状况不又是一幅大西洋的天变？我们有胆量进去吗？难得是少数能共患难的旅伴；叔和，你是我们的一个，如何你等不得浪静就与我们永别了？叔和，说他的体气，早就是一个弱者；但如其一个不坚强的体壳可以包容一团坚强的精神，叔和就是一个例。叔和生前没有仇人，他不能有仇人；但他自有他不能容忍的对象：他恨混淆的思想；他恨腌臜的人事。他不轻易斗争；但等他认定了对敌出手时，他是最后回头的一个。叔和，我今天又走上了暴雨中的甲板，我不能不悼惜我侣伴的空位！

一九二五年十月十五日

读 与 思

　　知己是灵魂的伴侣，是能够走进你内心深处的人，是能够和你共患难可以交心的人。同学们看了这篇吊文，应该进一步了解了诗人志同道合的朋友——刘叔和。文中描写的哪些场景最触动你的心灵？在你的人生经历中，也有难能可贵的友情吧？请你尝试进行细节描写，选择重点的事件刻画你要写的人，来凸显人物的性格特征。

小说篇

◆ 三小姐的心头展开了一个新的光亮的世界。仿佛是在一座凌空的虹桥下站着，光彩花雨似的错落在她的衣袖间鬓发上。

轮盘

提示导读

轮盘是一种古老的赌博游戏，逆时针旋转的轮盘与顺时针跳转的象牙球不停地挑战着赌博者的侥幸心理。上海小姐倪秋雁深陷其中不能自拔。这位三小姐在日复一日轮盘的旋转中迷失了自我。一件件首饰的变卖就显示着她一步步地堕落。作者笔调细腻地进行了主人公的心理描写。从望向镜中的自我怀疑到自我否定，幻境中的回忆与现实中的沉迷让倪小姐的形象既可怜又可悲，反映了在20世纪特殊时代背景下，人心的迷茫与沉沦。

好冷！倪三小姐从暖屋里出来站在廊前等车的时候觉得风来得尖厉。她一手撸着皮领护着脸，脚在地上微微地点着。"有几点了，阿姚？"三点都过了。

三点都过了，三点……这念头在她的心上盘着，有一粒白丸在那里运命似的跳。就不会跳进二十三的，偏来三十五，差那么一点，我还当是二十三哪。要有一只鬼手拿它一拨，叫那小丸子乖乖地坐上二十三，那分别多大！我本来是想要三十五的，也不知怎么的当时心里那么一迷糊——又给下错了。这车里怎么老是透风，阿姚？阿姚很愿意为主人替风或是替车道歉，他知道主人又是不顺手，但他正忙着大拐弯，马路太滑，红绿灯光又耀着眼，那不能不留意，这一岔就把答话的时机给岔过了。实在他的思想也不显简单，他正有不少的话想对小姐说，谁家的当差不为主人打算，况且听昨晚阿宝的话这事情正不是玩儿——好，房契都抵了，钻戒、钻镯，连那串精圆的珍珠项圈都给换了红片儿、白片儿，整数零数的全往庄上送！打不倒吃不厌的庄！

三小姐觉得冷。是那儿透风，那天也没有今天冷。最觉得异样，最觉得空虚，最觉得冷是在颈根和前胸那一圈。精圆的珍珠——谁家都比不上的那一串，戴了整整一年多，有时上床都不舍得摘了放回匣子去，叫那脸上刮着刀疤那丑洋鬼端在一双黑毛手里左轮右轮地看，生怕是吃了假的上当似的，还非得让我签字，才给换了那一摊圆片子，要不了一半点钟那些片子还不是白鸽似的又往回飞；我的脖子上、胸前，可是没了，跑了、化了、冷了，眼看那黑毛手抢了我的心爱的宝贝去，这冤……三小姐心窝里觉得一块冰凉，眼眶里热剌剌的，不由得拿手绢给掩住了。"三儿，东西总是你的，你看了也舍不得放手不是？可是娘给你放着不更好，这年头又不能常戴，一来太耀眼，二来你老是那拉拖的脾气改不过来，说不定你一不小心

那怎么好?"老太太咳嗽了一声,"还是让娘给你放着吧,反正东西总是你的。"三小姐心都裂缝儿了。娘说话不到一年就死了,我还说我天天贴胸带着表示纪念她老人家的意思,谁知不到半年……

车到了家了。三小姐上了楼,进了房,开亮了大灯,拿皮大衣向沙发上一扔,也不答阿宝陪着笑问她输赢的话,站定在衣柜的玻璃镜前对着自己的映影呆住了。这算个什么相儿?这还能是我吗?两脸红的冒得出火,颧骨亮的像透明的琥珀,一鼻子的油,口唇叫烟卷烧得透紫,像煨白薯的焦皮,一对眼更看得怕人,像是有一个恶鬼躲在里面似的。三小姐一手掠着额前的散发，一手扶着柜子，觉得头脑里一阵昏，眼前一黑，差一点不会叫脑壳子正对着镜里的那个碰一个脆。你累了吧，小姐？阿宝站在窗口叠着大衣说话，她听来像是隔两间屋子或是一层雾叫过来似的，但这却帮助她定了定神，重复睁大了眼对着镜子里痴痴地望。这还能是我——是倪秋雁吗？鬼附上了身也不能有这相儿！但这时候她眼内的凶光——那是整六个钟头轮盘和压码条格的煎迫的余威——已然渐渐移让给另一种意态：一种疲倦，一种呆顿，一种空虚。她忽然想起马路中的红灯照着道旁的树干使她记起不少早已遗忘了的片段的梦境——但她疲倦是真的。她觉得她早已睡着了。她是绝无知觉的一堆灰，一排木料，在清晨树梢上浮挂着的一团烟雾。她做过一个极幽深的梦，这梦使得她因为过分兴奋而陷入一种最沉酣的睡。她绝不能是醒着。她的珍珠当然是好好地在首饰匣子里放着。"我替你放着不更好，三儿？"娘的话没有一句不充满着怜爱，个个字都听得甜。那小白丸子真可恶，它为什么不跳进二十三？三小姐扶着柜子那只手的手指摸着了玻璃，极纤微的一点凉感从指尖上直透到心口，这使她形影相对的那两只眼内顿时剥去了一翳梦意。小姐，喝口茶吧，你真是累了，该睡了，有多少天你没有睡好，睡不好最伤神，先喝口茶吧。她从阿宝的手里接过了一片殷勤，热茶沾上口唇才觉得口渴得津液都干了。但她还是懵懵地不能相信这不是梦。我何至于堕落到如此——我倪秋雁？你不是倪秋雁吗？她责问着镜里的秋雁。

那一个的手里也擎着一个金边蓝花的茶杯，口边描着惨淡的苦笑。荒唐也不能到这个田地。小俞最会说那一套体己话，细着一双有黑圈的眼瞅着你，不提有多么关切，他就会那一套！那天他对老五也是说一样的话！他还得用手来搂着你非得你养息他才安心似的。男人，哪有什么好心眼的？老五早就上了他的当。哼，也不是上当，还不是老五自己说的，"进了三十六，谁还管得了美，管得了丑？""过一天是一天，"她又说，"堵死你的心，别让它有机会想，要想就活该你受！"那天我摘下我胸前那串珠子递给那脸上刻着刀疤的黑毛鬼，老五还带着笑——她那笑！赶过来拍着我的肩膀说："好，这才够一个豪字！要赌就得拼一个精光。有什么可恋的？上不了梁山咱们就落太湖！你就输在你的良心上，老三。"老五说话一上劲，眼里就放出一股邪光，我看了真害怕。"你非得拿你小姐的身份，一点也不肯凑合。说实话，你来得三十六门，就由不得你拿什么身份。"人真会变，五年前，就是三年前的老五，哪有一点子俗气，说话举止，满是够斯文的。谁想她在上海混不到几年就会变成这鬼相，这妖气。她也满不在意，成天发疯似的混着，倒像真是一个快活人！我初次跟着她跑，心上总有些嘀咕，话听不惯，样儿看不惯，可是现在……老三与老五能有多大分别？我的行为还不是她的行为？我有时还觉得她爽荡得有趣，倒恨我自己老是免不了腼腼腆腆的，早晚躲不了一个"良心"，老五说的。可还是的，你自己还不够变的，你看看你自己的眼看，说人家鬼相、妖气，你自己呢？原先的我，在母亲身边的孩子，在学校时代的倪秋雁，多美多响亮的一个名字，现在哪还有一点点的影子？这变，喔，鬼——三小姐打了一个寒噤。地狱怕是没有底的，我这一往下沉，沉，沉，我哪天再能向上爬？她觉得身子飘飘的，心也飘飘的，直往下坠——一个无底的深潭，一个魔鬼的大口。"三儿，你什么都好，"老太太又说话了。"你什么都好，就差拿不稳主意。你非得有人管，领着你向上。可是你总得自己留意，娘又不能老看着你，你又是那傲气，谁你都不服，真叫我不放心。"娘在病中喘着气还说这话。现在娘能放心不？想起真可恨！小俞、小张、老五、老八，全不是东西！可是我自己又何尝有主意，有了主意，有一点子主意，就不会有今天的狼狈。真气人！镜里的秋雁现出无限的愤慨，恨不得把手里的茶杯掷一个粉碎，表示和丑恶的引诱绝交。但她又呷了一口。这是虹口买来的真铁观音不？明儿再买一点去，味儿真浓真香。说起，小姐，厨子说了好几次要领钱呐，他说他自己的钱都垫完了。镜里的眉梢又深深地皱上了。哟——她忽然记起了——那小黄呢，阿宝？小黄笼子里睡了。毛抖得松松的，小脑袋挨着小翅膀底下窝着。它今天叫了没有？我真是昏，准有十几天不自己喂它了，可怜的小黄！小黄也真知趣，仿佛装着睡成心逗他主人似的，她们正说着话它醒了，刷着它的翅膀，吱的一声跳上了笼丝，又纵过去低头到小瓷罐里捡了一口凉水，歪着一只小眼呆呆地直瞅着它的主人。也不知是为主人记起了它乐了，还不知是见了大灯亮当是天光，它简直放开嗓子整套地唱上了。

它这一唱就没有个完。它卖弄着它所有擅长的好腔。唱完了一支忙着抢一口面包屑，啄一口水，再来一支，又来一支，直唱得一屋子满是它的音乐，又亮，又艳，一团快乐的迸裂，一腔情热的横流，一个诗魂的奔放。倪秋雁听呆了，镜里的秋雁也听呆了，阿宝听呆了；一屋子的家具，壁上的画，全听呆了。

三小姐对着小黄的小嗓子呆呆地看着。多精致的一张嘴，多灵巧的一个小脖子，多淘气的一双小脚，拳拳地抓住笼里那根横条，多美的一身羽毛，黄得放光，像是金丝给编的。稀小的一个鸟会有这么多的灵性？三小姐直怕它那小嗓子受不住狂唱的汹涌，你看它那小喉管的急迫地颤动，简直是一颗颗的珍珠往外接连着吐，梗住了怎么好？它不会炸吧！阿宝的口张得宽宽的，手扶着窗栏，眼里亮着水。什么都消减了，除了这头小鸟的歌唱。但在它的歌唱中却展开了一个新的世界。在这世界里一切都沾上了异样的音乐的光。

三小姐的心头展开了一个新的光亮的世界。仿佛是在一座凌空的虹桥下站着，光彩花雨似的错落在她的衣袖间、鬓发上。她一展手，光在她的胸怀里；她一张口，一球晶亮的光滑下了她的咽喉。火热的，在她的心窝里烧着。热匀匀地散布给她的肢体，美极了的一种快感。她觉得身子轻盈得像一只蝴蝶，一阵不可制止的欣快蓦地推逗着她腾空去飞舞。

虹桥上洒下了一个声音，艳阳似的正款着她的黄金的粉翅。多熟多甜的一个声音！哟，是娘呀，你在哪儿了？娘在廊前坐在她那湘妃竹的椅子上做着针线，戴着一副玳瑁眼镜。我快活极了，娘，我要飞，飞到云端里去。从云端里望下来，娘，咱们这院子怕还没有爹爹书台上那方砚台那么大？还有娘呢，你坐在这儿做针线，那就够一个猫那么大——哈哈，娘就像是假太阳的小阿米！那小阿米还看得见吗？她顶多也不过一颗芝麻大，哈哈，小阿米、小芝麻。疯孩子！老太太笑着对不知门口站着的一个谁说话。这孩子疯得像什么了，成天跳跳唱唱的？你今天起来做了事没有？我有什么事做，娘？她呆呆地侧着一只小圆脸。唉，怎么好，又忘了，就知道玩！你不是自己讨差使每天院子里浇花，爹给你那个青玉花浇做什么的？要什么不给，你就呆着一张脸扁着一张嘴要哭，给了你又不肯做事，你看那盆西方莲❶干得都快对你哭了。娘别骂，我就去！四个粉嫩的小手指鹰爪似的抓住了花浇的镂空的把手，一个小拇指翘着，她兴冲冲地从后院舀了水跑下院子去。"小心点儿，花没有浇，先浇了自己的衣服。"樱红色大朵的西方莲已经沾到了小姑娘的恩情，精圆的水珠极轻快地从这花瓣跳荡那花瓣，全沉入了盆里的泥。娘！她高声叫。娘，我要喝凉茶娘老不让，说喝了凉的要肚子疼，这花就能喝凉水吗？花要是肚子

---

❶ 西方连：应是"西番莲"，下同。

疼了怎么好？她鼓着她的小嘴唇问。花又不会嚷嚷。"傻孩子算你能干会说话。"娘乐了。

每回她一使她的小机灵娘就乐。"傻孩子，算你会说话。"娘总说。这孩子实在是透老实的，在座有姑妈或是姨妈或是别的客人娘就说，你别看她说话机灵，我总愁她没有主意，小时候有我看着，将来大了怎么好？可是谁也没有娘那样疼她。过来，三，你不冷吧？她最爱靠在娘的身上，有时娘还握着她的小手替她拉齐她的衣襟，或是拿手帕替她擦去脸上的土。一个女孩子总得干干净净的，娘常说。谁的声音也没有娘的好听。谁的手也没有娘的软。

这不是娘的手吗？她已经坐在一张软凳上，一手托着脸，一手捻着身上的海青丝绒的衣角。阿宝记起了楼下的事，已经轻轻地出了房去。小黄唱完了它的大套，还在那里发疑问似的零星地吱喳。"咦。""咦。""接理。"她听来是娘在叫她："三，""小三，""秋雁。"她同时也望见了壁上挂着的那只芙蓉，只是她见着的另是一只芙蓉，在她回忆的繁花树上翘尾豁翅地跳踉着。"三，"又是娘的声音，她自己在病床上躺着。"三，"娘在门口说，"你猜爹给你买回什么来了？""你看！"娘已经走到床前，手提着一个精致的鸟笼，里面待着一只黄毛的小鸟。"小三简直是迷了，"隔一天她听娘对爹说，"病都忘了有了这头鸟。这鸟是她的性命。非得自己喂。鸟一开口唱她就发愣，你没有见她那样儿，成仙也没有她那样快活，鸟一唱谁都不许说话，都得陪着她静心听。""这孩子是有点儿慧根。"爹就说。爹常说三儿有慧根。"什么叫慧根，我不懂。"她不止一回问。爹就拉着她的小手说，"爹在恭维你哪，说你比别的孩子聪明。"真的她自己也说不上，为什么鸟一唱她就觉得快活，心头热火火的，不知怎么才好；可又像是难受，心头有时酸酸的，眼里直流泪。恨不得把小鸟窝在她的胸前，用口去亲他。她爱极了它。"再唱一支吧，小鸟，我再给你吃。"她常常央着它。

可是阿宝又进房来了，"小姐，想什么了，"她笑着说，"天不早，上床睡不好吗？"

秋雁站了起来。她从她的微妙的深沉的梦境里站了起来，手按上眼觉得潮潮得沾手。她深深地呼了一口气。"二十三，二十三，为什么偏不二十三？"一个愤怒的声音在她一边耳朵里响着。小俞那有黑圈的一双眼，老五的笑，那黑毛鬼脸上的刀疤，那小白丸子，运命似跳着的，又一瞥瞥地在她眼前扯过。"怎么了？"她摇了摇头，还是没有完全清醒。但她已经让阿宝扶着她，帮着她脱了衣服上床睡下。"小姐，你明天怎么也不能出门了。你累极了，非得好好地养几天。"阿宝看了小姐恍惚的样子心里也明白，着实替她难受。"阿宝，"她又从被里坐起身说："你把我首饰匣子里老太太给我那串珠项圈拿给我看看。"

一九二九年二月三日完

　　小说的开篇就以"冷"的感受示人，尤其是"最觉得异样，最觉得空虚，最觉得冷是在领根和前胸那一圈"，这也体现出珍珠项圈对主人公的重要性。作者为何让母亲的形象一再出现于三小姐的脑海中呢？母亲对女儿"总愁她没有主意"的评价与三小姐的性格、命运又有怎样的关联？笼中的金丝雀依然拥有婉转的歌喉，并让人难以忘怀它当初如何到来。作者写鸟儿又有怎样的用意呢？

春痕

提示导读

小说《春痕》的主人公是中国青年逸君和日本春痕姑娘。男方有天赋才调、生活风姿，女方丰满可爱、捷灵愉快。他们相识相知，彼此倾心。春痕的青春气质吸引着逸君，无论是腮边撩拂过的藤花，亲手绘制的玫瑰水彩画，医院病房门上醒目的英文字……都让逸君感激欣喜，神魂迷荡。然而两人并没有童话般的结局，正如文中所言："他的头还不曾从云外收回，他的脚早已在污泥里泞住"。

一　瑞香花——春

　　逸清早起来，已经洗过澡，站在白漆的镜台前，整理他的领结。窗纱里漏进来的晨曦，正落在他梳栉齐整漆黑的发上，像一流灵活的乌金。他清癯的颊上，轻沾着春晓初起的嫩红，他一双睫绒密绣的细长妙目，依然含漾着朝来梦里的无限春意，益发激动了他Narcissus❶自怜的惯习，痴痴地尽向着镜里端详。他圆小锐敏的眼珠，也同他头发一般的漆黑光芒，在一泻清利之中，泄漏着几分忧郁凝滞，泄漏着精神的饥渴，像青翠的秋山轻罩着几痕雾紫。

他今年二十三岁，他来日本方满三月，他迁入这省花家，方只三日。

他凭着他天赋的才调和生活风姿，从幼年便想肩上长出一对洁白蟒嫩的羽翮，望着精焰斑斓的晚霞里，望着出岫倦展的春云里，望着层晶叠翠的秋天里，插翅飞去，飞上云端，飞出天外，去听云雀的欢歌，听天河的水乐，看群星的联舞，看宇宙的奇光，从此加入神仙班籍，凭着九天的白玉栏杆，于天朗气清的晨夕，俯瞰下界的烦恼尘俗，微笑地生怜，怜悯地微笑。那是他的幻想，也是多数未经生命严酷教训的少年们的幻想。但现实粗狠的大槌，早已把他理想的晶球击破，现实卑琐的尘埃，早已将他洁白的希望掩染。他的头还不曾从云外收回，他的脚早已在污泥里泞住。

---

❶ 纳西索斯，希腊神话中河神刻斐索斯与水泽女神里俄珀之子。他是一位长相十分清秀的少年，却对任何姑娘都不动心，只对自己的水中倒影爱慕不已，最终在顾影自怜中抑郁死去。他化作水仙花，仍留在水边守望着自己的影子。后来，Narcissus就成了"孤芳自赏者""自我陶醉者"的代名词。

他走到窗前，把窗子打开，只觉得一层浓而且劲的香气，直刺及灵府深处，原来楼下院子里满地都是盛开的瑞香花，那些紫衣白发的小姑子们，受了清露的涵濡，春阳的温慰，便不能放声曼歌，也把她们襟底怀中脑边蕴积着的清香，迎着缓拂的和风，欣欣摇舞，深深吐泄，只是满院的芬芳，只勾引无数的小蜂，迷醉地环舞。

三里外的桑抱群峰也只在和暖的朝阳里欣然沉浸。

逸独立在窗前，估量这些春情春意，双手插在裤袋里，微曲着左膝，紧啮住浅绛的下唇，呼出一声幽喟，旋转身掩面低吟道：可怜这万种风情无地着！

紧跟着他的吟声，只听得竹篱上的门铃，喧然大震，接着邮差迟重的嗓音唤道："邮便！"

一时篱上各色的藤花藤叶，轻波似颤动，白果树上的新燕呢喃也被这铃声喝住。

省花夫人手拿着一张美丽的邮片笑吟吟走上楼来对逸说道："好福气的先生，你天天有这样美丽的礼物到手。"说着把信递入他手。

果然是件美丽的礼物；这张比昨天的更觉精雅，上面写的字句也更妩媚，逸看到她别致的签名，像燕尾的瘦，梅花的疏，立刻想起她亭亭的影像，悦耳的清音，接着一阵复凑的感想，不禁四肢的神经里，迸出一味酸情，迸出一些凉意。他想出了神，无意地把手里的香迹，送向唇边，只觉得兰馨满口，

也不知香在片上，也不知香在字里——他神魂迷荡了。

一条不甚宽广但很整洁的乡村道上，两旁种着各式的树木，地上青草里，夹缀着点点金色、银色的钱花。这道上在这初夏的清晨除了牛奶车、菜担以外，行人极少。但此时铃声响起，从桑抱山那方向转出一辆新式的自行车，上面坐着一个西装的少女，二十岁光景。她黯黄的发，临风蓬松着，用一条浅蓝色丝带络住，她穿着一身白纱花边的夏服，鞋袜也一体白色；她丰满的肌肉，健康的颜色，捷灵的肢体，愉快的表情，恰好与初夏自然的蓬勃气象和合一致。

她在这清静平坦的道上，在榆柳浓馥的阴下，像飞燕穿帘似的，疾扫而过；有时俯偻在前枢上，有时撒开手试她新发明的姿态，恰不时用手去理整她的外裳，因为孟浪的风尖常常挑翻她的裙序，像荷叶反卷似的，泄露内衬的秘密。一路的草香花味，树色水声，云光鸟语，都在她原来欣快的心境里，更增加了不少欢畅的景色——她同山中的梅花小鹿，一般的美，一般的活泼。

自行车到藤花杂生的篱门前停了，她把车倚在篱旁，扑去了身上的尘埃，掠齐了鬓发，将门铃轻轻一按，把门推开，站在门口低声唤道："省花夫人，逸先生在家吗？"

说着心头跳个不住，颊上也是点点桃花，染入冰肌深处。

那时房东太太不在家，但逸在楼上闲着临帖，早听见了，就探首窗外，一见是她，也似感了电流一般，立刻想飞奔下去。但她也看见了，她接着喊道："逸先生，早安，请恕我打扰，你不必下楼，我也不打算进来，今天因为天时好，我一早就出来骑车，便绕道到了你们这里，你不是看我说话还喘不过气来？你今天好吗？啊，乘便，今天可以提早一些，你饭后就能来吗？"

她话不曾说完，忽然觉得她鞋带散了，就俯身下去收拾，阳光正从她背后照过来，将她描成一个长圆的黑影，两支腰带，被风动着，也只在影里摇颤，恰像一个大蜗牛，放出它的触须侦探意外的消息。

"好极了，春痕姑娘！我一定早来……但你何不进来坐一歇呢？你不是骑车很累了吗？"

春痕已经缚紧了鞋带，倚着竹篱，仰着头，笑答道："很多谢你，逸先生，我就回去了。你温你的书吧，小心答不出书，先生打你的手心。"格支地一阵憨笑，她的眼本来秀小，此时连缝儿都没有了。

她一欠身，把篱门带上，重复推开，将头探入；一枝高出的藤花，正贴住她白净的腮边，将眼瞟着窗口看呆了的逸笑道："再会吧，逸！"

车铃一响，她果然去了。

逸飞也似的下楼去出门望时，只见榆荫错落的黄土道上，明明镂着她香轮的踪迹，远远一簇白衫，断片铃声，她，她去了。

逸在门外留恋了一会，转身进屋，顺手把方才在她腮边撩拂的那枝乔出的藤花，折了下来恭敬地吻上几吻；他耳边还只荡漾着她那"再会吧，逸"的那个单独"逸"字的蜜甜音调：他又神魂迷荡了。

二　红玫瑰——夏

"是逸先生吗？"春痕在楼上喊道，"这里没有旁人，请上楼来。"

春痕的母亲是旧金山人，所以她家的布置也参酌西式。楼上正中一间就是春痕的书室，地板上铺着匀净的台湾细席，疏疏地摆着些几案榻椅，窗口一大盆的南洋大桐，正对着她凹字式的书案。

逸以前上课，只在楼下的客堂里，此时进了她素雅的书屋，说不出有一种甜美愉快的感觉。春痕穿一件浅蓝色纱衫，发上的缎带也换了亮蓝色，更显得妩媚绝俗。她拿着一管斑竹毛笔，正在绘画，案上放着各品的色碟和水盂。逸进了房门，她才缓缓地起身，笑道："你果然能早来，我很欢喜。"

逸一面打量屋内的设备，一面打量他青年美丽的教师，连着午后步行二里许的微喘，颇露出些局蹐❶的神情，一时连话

---

❶ 蹐（jí），后脚尖紧接着前脚跟，用极小的步子走路。局蹐形容拘束而不敢放纵。

也说不连贯。春痕让他一张椅上坐了，替他倒了一杯茶，口里还不住地说她精巧的寒暄。逸喝了口茶，心头的跳动才缓缓地平了下来，他瞥眼见了春痕桌上那张鲜艳的画，就站起来笑道："原来你又是美术家，真失敬，春痕姑娘，可以准我赏鉴吗？"

她画的是一大朵红的玫瑰，真是一枝浓艳露凝香，一瓣有一瓣的精神，充满了画者的情感，仿佛是多情的杜鹃，在月下将心窝抵入荆刺沥出的鲜红心血，点染而成，几百阕的情词哀曲，凝化此中。

"那是我的涂鸦，哪里配称美术。"说着她脸上也泛起几丝红晕，把那张水彩趱趄地递入逸手。

逸又称赞了几句，忽然想起西方人用花来作恋爱情感的象征，记得红玫瑰是"我爱你"的符记，不禁脱口问道："但不知哪一位有福的，能够享受这幅精品，你不是预备送人的吗？"

春痕不答：逸举头看时，只见她倚在凹字案左角，双手支着案，眼望着手，满面绯红，肩胸微微有些震动。

逸呆望着这幅活现的忸怩妙画，一时也分不清心里的反感，只觉得自己的颧骨耳根，也平增了不少的温度。此时春痕若然回头，定疑心是红玫瑰的朱颜，移上了少年的肤色。

临了这一阵缄默，这一阵色彩鲜明的缄默，这一阵意义深长的缄默，让窗外桂树上的小雀，吱的一声啄破。春痕转身说道："我们上课吧，"她就坐下，打开一本英文选，替他讲解。

功课完毕逸起身告辞，春痕送他下楼，同出大门，此时斜照的阳光正落在桑抱的峰巅岩石上，像一片斑驳的琥珀，他看着称美一番，逸正要上路。春痕忽然说："你候一候，有件东西忘了带走。"她就转身进屋去，过了一分钟，只见她红涨着脸，拿着一纸卷递给逸说："这是你的，但不许此刻打开看！"接着匆匆说了声再会，就进门去了。逸左臂挟着书包，右手握着春痕给他的纸卷，想不清她为何如此慌促，禁不住把纸卷展开，这一展开，但觉遍体的纤微，顿时为感激欣喜悲切情绪的弹力撼动，原来纸卷的内容，就是方才那张水彩，春痕亲笔的画，她亲笔画的红玫瑰——他神魂又迷荡了。

三 茉莉花——秋

逸独坐在他房内，双手展着春痕从医院里来的信，两眼平望，面容澹白，眉峰间紧锁住三四缕愁纹；她病了。窗外的秋雨，不住地淅沥，他怜爱的思潮，也不住地起落。逸的联想力甚大，譬如他看花开花放就想起残红满地；身历繁华声色，便想起骷髅灰烬；临到欢会，便想怆别；听人病苦，便想暮祭。如今春痕病了，她写的字也失了寻常的精致，她明天得医生特许可以准客入见，要他一早就去。逸为了她病，已经几晚不安眠，但远近的思想不时涌入他的脑海。他此时所想的是人生老病死的苦痛，青年之短促。他悬想着春痕那样可爱的心影，疑问像这样一朵艳丽的鲜花，是否只要有恋爱的温润便可常保美质；还是也同山谷里的茶花，篱上的藤花，也免不了受风摧雨虐，等到活力一衰，也免不了落地成泥。但他无论如何拉长缩短他的想象，总不能想出一个老而且丑的春痕来！他想圣母玛利亚不会老，观世音大士不会老，理想的林黛玉不会老，青年理想中的爱人又如何会老呢；他不觉微笑了。转想他又沉入了他整天整晚迷恋的梦境；他最恨想过去，最爱想将来，最恨回想，最爱前想，过去是死的、丑的、痛苦的、枉费的，将来是活的、美的、幸福的、创造的；过去像块不成形的顽石，满长着可厌的狷草和刺物；将来像初出山的小涧，只是在青林间舞蹈，只是在星光下歌唱，只是在精美的石梁上进行。他廿余年麻木的生活，只是个不可信，可厌的梦；他只求抛弃这个记忆；但记忆是富有黏性的，你愈想和它脱离，结果胶附得愈紧愈密切。他此时觉得记忆和压制愈重，理想的将来不过只是烟

淡云稀，渺茫明灭，他就狠劲把头摇了几下，把春痕的信折了起来，披了雨衣，换上雨靴，挟了一把伞独自下楼出门。

他在雨中信步前行，心中杂念起灭，竟走了三里多路，到了一条河边。沿河有一列柳树，已感受秋运，枝条的翠色，渐转苍黄，此时仿佛不胜秋雨的重量，凝定地俯瞰流水，粒粒的泪珠，连着先凋的叶片，不时掉入波心，悠然浮去。时已薄暮，河畔的颜色声音，只是凄凉的秋意，只是增添惆怅人的惆怅。天上绵般的云似乎提议来襄埋他心底的愁思，草里断续的虫吟，也似轻嘲他无聊的意绪。

逸踟蹰了半晌，不觉秋雨满襟，但他的思想依旧缠绵在恋爱老死的意义，他忽然自言道："人是会变老会变丑，会死会腐朽，但恋爱是长生的；因为精神的现象绝不受物质法律的支配；是的，精神的事实，是永久不可毁灭的。"

他好像得了难题的答案，胸中解释了不少的积重，抖下了此衣上的雨珠，就转身上归家的路。

他路上无意中走入一家花铺，看看初菊，看看迟桂，最后

182

买了一束茉莉，因为她香幽色淡，春痕一定喜欢。

他那天夜间又不曾安眠，次日一早起来，修饰了一晌，用一张蓝纸把茉莉裹了，出门往医院去。

"你是探望第十七号的春痕姑娘吗？"

"是。"

"请走这边。"

逸跟着白衣灰色裙的下女，沿着明敞的走廊，一号二号，数到了第十七号。浅蓝色的门上，钉着一张长方形的白片，写着很触目的英字：

"No.17 Admitting no visitors except the patient's mother and Mr.Yi."

"第十七号，除病人母亲及逸君外，他客不准入内。"

一阵感激的狂潮，将他的心淹没；逸回复清醒时，只见房门已打开，透出一股酸辛的药味，里面恰丝毫不闻音息。逸脱了便帽，踮着足尖，进了房门——依旧不闻音息。他先把房门掩上，回身看时，只见这间长形的室内，一体白色，白墙白床，一张白毛毯盖住的沙发，一张白漆的摇椅，一张小几，一个唾盂。床安在靠窗左侧，一头用矮屏围着。逸走近床前时，只觉灵魂底里发出一股寒流，冷激了四肢全体。春痕卧在白布被中，头戴白色纱巾，垫着两个白枕，眼半阖着，面色惨淡得一点颜色的痕迹都没有，几乎和白枕白被一般不可辨认，床边站着一位白巾白衣态度严肃的看护妇，见了逸也只微颔示意，逸此时全身的冰流重复回入灵府，凝成一对重热的泪珠，突出眶帘。他定了定神俯身下去，小语道："我的春痕，你……吃苦了……"那两颗热泪早已跟着颤动的音波在他面上筑成了两条泪沟，后起的还频频涌出。

春痕听了他的声音，微微睁开她倦绝的双睫，一对铅似重钝的眼球正对着他热泪溶溶的湿眼；唇腮间的筋肉稍稍缓弛，露出一些勉强的笑意，但一转瞬她的腮边也湿了。

"我正想你来，逸，"她声音虽则细弱，但很清爽，"多谢天父，我的危险已经过了！你手里拿的不是给我的花吗？"说着笑了，她真笑了。

逸忙把纸包打开，将茉莉递入她已从被封里伸出的手，也笑说道："真是，我倒忘了，你爱不爱这茉莉？"

春痕已将花按在口鼻间，阖拢了眼，似乎禁不住这强烈香味；点了点头，说："好，正是我心爱的，多谢你。"

逸就在床前摇椅上坐下，问她这几日受苦的经过。

过了半点钟，逸已经出院，上路回家。那时的心影，只是病房的惨白颜，耳畔也只是春痕零落屡弱的音声。——但他从进房时起，便引起了一个奇异的幻想。他想见一个奇大的坟窟，沿边并齐列着黑衣送葬的宾客，这窟内黑沉沉的，不知有多少深浅，里面却埋着世上种种的幸福，种种青年的梦境，种种悲哀，种种美丽的希望，种种污染了残缺了的宝物，种种恩爱和怨艾，在这些形形色色的中间，又埋着春痕，和在病房一样的神情，和他自己——春痕和他自己！

逸——他的神魂又是一度迷荡。

四　桃花李花处处开——十年后春

此时正是清明时节，箱根一带满山满谷，尽是桃李花竞艳的盛会。这边是红锦，那边是白雪，这边是火焰山，那边是银涛海；春阳也大放骄矜艳丽的光辉来笼盖这骄矜艳丽的花园，万象都穿上最精美的袍服，一体的欢欣鼓舞，庆祝春明。整个世界，只是一个妩媚的微笑；无数的生命，只是报告他们的幸福；到处是欢乐，到处是希望，到处是春风，到处是妙乐。

今天各报的正张上，都用大号字登着欢迎支那伟人的字样。

那伟人在国内立了大功，做了大官，得了大名，如今到日本。他从前的留学国，来游历考察，一时轰动了全国注意，朝野一体欢迎，到处宴会演说，演说宴会，大家争求一睹风采；尤其因为那伟人是个风流美丈夫。

那伟人就是十年前寄寓在省花家瑞香花院子里的少年；他就是每天上春痕姑娘家习英文的逸。

他那天记起了他学生时代的踪迹，忽发雅兴，坐了汽车，绕着桑抱山一带行驶游览，看了灿烂缤纷的自然，吸着香甜温柔的空气，甚觉舒畅愉快。

车经过一处乡村，前面被一辆载木料的大车拦住了进路，

185

只得暂时停着等候。车中客正瞭望桑抱一带秀特的群峰，忽然春痕的爱影，十年来被事业尘埃所掩翳的爱影，忽然重复历历心中，自从那年匆匆被召回国，便不闻春痕消息，如今春色无恙，却不知春痕何往，一时动了人面桃花之感，连久干的眶睫也重复潮润起来。

但他的注意，却半在观察村街的陋况，不整齐的店铺，这里一块铁匠的招牌，那首一张头痛膏的广告，别饶风趣。

一家杂货铺里，走来一位主客，一个西装的胖妇人，她穿着蓝呢的冬服，肘下肩边都已霉烂，头戴褐色的绒帽，同样的破旧，左手抱着一个将近三岁的小孩，右臂套着一篮的杂物——两棵青菜，几枚蛤蜊，一支蜡烛，几匣火柴——方才从店里买的。手里还挽着一个四岁模样的女孩，穿得也和她母亲一样不整洁。那妇人蹒跚着从汽车背后的方向走来，见了这样一辆美丽的车和车里坐着的华服客，不觉停步注目。远远地看了一晌，她索性走近了，紧靠着车门，向逸上下打量。看得逸到烦腻起来，心想世上哪有这样臃肿蜷曲不识趣的妇人……

那妇人突然操英语道："请饶恕我，先生，但你不是中国人逸君吗？"

他想又逢到了一个看了报上照相崇拜英雄的下级妇女；但他还保留他绅士的态度，微微欠身答道："正是，夫人。"淡淡说着，漫不经意的模样。

但那妇人急接说道："果然是逸君！但是难道你真不认识

我了？”

　　逸兔不得凝眸向她辨认：只见丰眉高颧；鼻梁有些陷落，两腮肥突，像一对熟桃；就只那细小的眼眶和她方才"逸君"那声称呼，给他一些似曾相识的模糊印象。

　　"我十分的抱歉，夫人！我近来的记忆力实在太差，但是我现在敢说我们确是曾经会过的。"

　　"逸君你的记忆真好！你难道真忘了十年前伴你读英文的人吗？"

　　逸跳了起来，说道："难道你是春……"但他又顿住了，因为万不能相信他脑海中一刻前活泼可爱的心影，会得幻术似的变形为眼前粗头乱发左男右女又肥又蠢的中年妇人。

但那妇人却丝毫不顾恋幻象的消散，<u>丝毫不感觉哲理的怜悯</u>；十年来做妻做母负担的专制，已经将她原有的浪漫根性，杀灭尽净，所以她宽弛的喉音替他补道："春……痕，正是春痕，就是我，现在三……夫人。"

逸只觉得眼前一阵昏沉，也不曾听清她是三什么的夫人，只瞪着眼呆顿。

"三井夫人，我们家离此不远，你难得来此，何不乘便过去一坐呢？"

逸只微微地颔道，她已经将地址吩咐车夫，拉开车门，把那小女孩先送了上去，然后自己抱着孩子挽着筐子也挤了进来。那时拦路的大车也已经过去，他们的车，不到三分钟就到了三井夫人家。

一路逸神意迷惘之中，听她诉说当年如何嫁人，何时结婚，丈夫是何职业，今日如何凑巧相逢，请他不要介意她寒素嘈杂的家庭，以及种种等等，等等种种。

她家果然并不轩敞，并不恬静。车至门前时，便有一个七八岁赤脚乱发的小孩，高喊着："娘坐了汽车来了……"跳了出来。

那漆糅驳落的门前，站着一位满面皱纹，弯背驼腰的老妇人，她介绍给逸，说是她的姑；老太太只咳嗽了一声，向来客和她媳妇，似乎很好奇似的溜了一眼。

逸一进门，便听得后房哇的一声婴儿哭：三井夫人抱怨她的大儿，说定是他顽皮又把小妹惊醒了。

逸随口酬答了几句话，也没有喝她紫色壶倒出来的茶，就伸出手来向三井夫人道别，勉强笑着说道："三井夫人，我很羡慕你丰满的家庭生活，再见吧！"

等到汽轮已经转动，三井夫人还手抱着襁褓的儿，身旁立着三个孩子，一齐殷勤地招手，送他的行。

那时桑抱山峰，依旧沉浸在艳日的光流中，满谷的樱花桃李，依旧竞赛妖艳的颜色，逸的心中，依旧涵葆着春痕当年可爱的影像。但这心影，只似梦里的紫丝灰线所织成，只似远山的轻霭薄雾所形成，淡极了，微妙极了，只要蝇蚊的微嗡，便能刺碎，只要春风的指尖，便能挑破……

读与思

沈从文说："徐志摩在诗与散文方面成就的华丽局面，在国内还没有相似的另一人，而他的小说仍保持这种独特的华丽。"作者文字优美，在描摹风景、刻画人物上都微妙至极。华美的文思和洋溢的情感像是笔尖上的芭蕾，你能找出一两处加以鉴赏吗？小说所用四个小标题并不是单纯地向我们讲述恋爱故事，瑞香花、红玫瑰、茉莉花分别对应了春、夏、秋三个季节，而十年后桃花李花处处开似乎更有深意，你能体会其中人事代谢、沧海桑田的变化吗？

『死城』（北京的一晚）

导读提示

　　徐志摩曾经翻译过意大利作家加布里埃尔·邓南遮的戏剧《死城》，这篇短篇小说便是以此为题，所写的是主人公廉枫在北京一晚的见闻和感受。文中既有徐志摩一贯在诗歌和散文里表现出的爱、美、自由以及追求这一份信仰的理想主义精神，也有通过守墓老人之口揭示的底层人民困苦、悲惨与绝望的生活。"死城"之死，一面是时局的动荡与黑暗，另一面是底层人民的苦难与绝望。通过这篇小说，能让我们领略到一个在墓园里倾听人民疾苦的徐志摩。

　　廉枫站在前门大街上发怔。正当上灯的时候，西河沿的那一头还漏着一片焦黄。风算是刮过了，但一路来往的车辆总不能让道上的灰土安息。他们忙的是什么？翻着皮耳朵的巡警不仅得用手指，还得用口嚷，还得旋着身体向左右转。翻了车，碰了人，还不是他的事？声响是杂极了的，但你果然当心听的话，这匀匀的一片也未始没有它的节奏；有起伏，有波折，也有间歇。人海里的潮声。廉枫觉得他自己坐着一叶小艇从一个涛峰上颠渡到又一个涛峰上。他的脚尖在站着的地方不由得往下一按，仿佛信不过他站着的是坚实的土地。

在灰土狂舞的晴空兀突着前门的城楼，像一个脑袋，像一个骷髅。青底白字的方块像是骷髅脸上的窟窿，显得无限忧郁，廉枫从不曾想到前门会有这样的面目。它有什么忧郁？它能有什么忧郁。可也难说，明陵的石人石马，公园的公理战胜碑，有时不也看得发愁？总像是有满肚的话无从说起似的。这类东西果然有灵性，能说话，能冲着来往人们打哈哈，那多有意思！但前门现在只能沉默，只能忍受——忍受黑暗，忍受漫漫的长夜。它即使有话也得过些时候再说，况且它自己的脑壳都已让给蝙蝠们、耗子们做了家，这时候它们正在活动——它即使能说话也不能说。这年头一座城门都有难言的隐衷，真是的！在黑夜的逼近中，它那壮伟，它那博大，看得多么远，多么孤寂，多么冷。

大街上的神情可是一点也不见孤寂，不见冷。这才是红尘，颜色与光亮的一个斗胜场。够好看的。你要是拿一块绸绢盖在你的脸上再望这一街的红艳，那完全另是一番景象。你没有见过威尼市❶大运河上的晚照不是？你没有见过纳尔逊大将在地中海口轰打拿破仑舰队不是？你也没有见过四川青城山的朝霞，英伦泰晤士河上雾景不是？好了，这来用手绢一护眼看前门大街——你全见着了一转手解开了无穷的想象的境界，多巧！廉枫搓弄着他那方绸绢。不是不得意他的不期的发现。但他一转身又瞥见了前门城楼的一角，在灰苍中隐现着。

进城吧。大街有什么可看的？那外表的热闹正使人想起丧事人家的鼓吹，越喧阗越显得凄凉。况且他自己的心上又横着一大饼的凉，凉得发痛。仿佛他内心的世界也下了雪，路旁的树枝都蘸着银霜似的。道旁树上的冰花可真是美；直条的，横条的，肥的瘦的，梅花也欠他几分晶莹，又是那恬静的神情，受苦还是含笑。可不是受苦，小小的生命躲在枝干最中心的纤维里耐着风雪的侵凌——它们那心窝里也有一大饼的凉。但它们可不怨；它们明白，它们等着，春风一到它们就可抬头，它们知道，荣华是不断的，生命是悠久的。

生命是悠久的。这大冷天，雪风在你的颈根上直刺，虫子潜伏在泥土里等打雷，心窝里带着一饼子的凉，你往哪儿去？上城墙去望望不好吗？屋顶上满铺着银，僵白的树木上也不见恼人的春色，况且那东南角上亮亮的不是上弦的月正在升起吗？月与雪是有默契的。残破的城砖上停留着残雪的斑点，像

---

❶ 即意大利威尼斯市。

是无名的伤痕，月光澹澹地斜着来，如同有手指似的抚摩着它的荒凉的伙伴。猎夫星正从天边翻身起来，腰间翘着箭囊，卖弄着他的英勇。西山的屏峦竟许也望得到，青青的几条发丝勾勒着沉郁的暝色，这上面悬照着太白星耀眼的宝光。灵光寺的木叶，秘魔岩的沉寂，香山的冻泉，碧云山的云气，山坳间或有一星二星的火光；在雪意的惨淡里点缀着惨淡的人迹⋯⋯这算计不错，上城墙去，犯着寒，冒着夜。黑黑的，孤零零的，看月光怎样把我的身影安置到雪地里去，廉枫正走近交民巷一边的城根，听着美国兵营的溜冰场里的一阵笑响，忽然记起这边是帝国主义的禁地，中国人怕不让上去。果然，那一个长六尺高一脸糟瘢守门兵只对他摇了摇脑袋，磨着他满口的橡皮，挺着胸脯来回走他的路。

不让进去，辜负了，这荒城，这凉月，这一地的银霜。心头那一饼还是不得疏散。郁得更凉了。不到一个适当的境地你就不敢拿你自己尽量往外放，你不敢面对你自己；不敢自剖。仿佛也有个糟瘢脸的把着门呐。他不让进去。有人得喝够了酒才敢打倒那糟瘢脸的。有人得仰仗迷醉的月色。人是这软弱。什么都怕，什么都不敢当面认一个清澈；最怕看见自己。得！还有什么地方可去的？敢去吗？

廉枫抬头望了望星。疏疏的没有几颗。也不显亮。七姊妹倒看得见，挨得紧紧的，像一球珠花。顺着往东去不好吗？往东是顺的。地球也是这么走。但这陌生的胡同在夜晚觉得多深

沉，多遥远。单这静就怕人。半天也不见一副卖萝卜或是卖杂吃的小担。他们那一个小火，照出红是红青是青的，在深巷里显得多可亲，多玲珑，还有他们那叫卖声，虽则有时曳长得叫人听了悲酸，也是深巷里不可少的点缀。就像是空白的墙壁上挂上了字画，不论精粗，多少添上一点人间的趣味。你看他们把担子歇在一家门口，站直了身子，昂着脑袋，咧着大口唱——唱得脖子里筋都暴起了。这里邻近哪家都不能不听见。那调儿且在那空气里转着哪——他们自个儿的口鼻间蓬蓬地晃着一团的白云。

今晚什么都没有。狗都不见一只。家门全是关得紧紧的。墙壁上的油灯—— 一小米的火——活像是鬼给点上的，方便鬼的。骡马车碾烂的雪地，在这鬼火的影映下，都满是鬼意。鬼来跳舞过的。花子们叫雪给埋了。口袋里有的是铜子，要见着花子，在这年头，还有不布施的？静，空虚的静，墓底的静。这胡同简直没有个底。方才拐了没有？廉枫望了望星，知道方向没有变。总得有个尽头，赶着走吧。

走完了胡同到了一个旷场。白茫茫的。头顶星显得更多更亮了。猎夫早就全身披挂地支起来了，狗在那一头领着路。大熊也见了。廉枫打了一个寒噤。他走到了一座坟山。外国人的，在这城根。也不知怎么的，门没有关上。他进了门。这儿地上的雪比道上的白得多，松松的满没有斑点。月光正照着，墓碑有不少，疏朗朗地排列着，一直到黑巍巍的城根。有高的，有矮的，也有雕镂着形象的。悄悄地全戴着雪帽，盖着雪被，悄悄地全躺着。这倒有意思，月下来拜会洋鬼子，廉枫叹了一口气。他走近一个墓墩，拂去了石上的雪，坐了下去。石上刻着字，许是金的，可不易辨认。廉枫拿手指去摸那字迹。冷极了！那雪腌过的石板吸墨纸似的猛收着他手指上的体温。冷得发僵，感觉都失了。他哈了口气再摸，仿佛人家不愿意你非得请教姓名似的。摸着了，原来是一位姑娘。FRAULEIN ELIZA BERKSON ❶。还得问几岁，这字小更费事，可总得知道。早三年死的，二十八减六是二十二。呀，一位妙年姑娘，才二十二岁的！廉枫感到一种奇异的战栗，从他的指尖上直通到发尖；仿佛身背有一个黑影子在晃动。但雪地上只有淡白的

---

❶ 艾丽莎·伯克森小姐。

月光。黑影子是他自己的。

做梦也不易梦到这般境界。我陪着你哪，外国来的姑娘。廉枫的肢体在夜凉里冻得发了麻，就是胸潭里一颗心热热地跳着，应和着头顶明星的闪动。人是这软弱，他非得要同情。盘踞在肝肠深处的那些，非得要一个尽情倾吐的机会。活的时候得不着，临死，只要一口气不曾断，还非得招承，眼珠已经褪了光，发音都不得清楚，他一样非得忏悔。非得到永别生的时候人才有胆量，才没有顾忌。每一个灵魂里都安着一点谎。谎能进天堂吗？你不是也对那穿黑长袍胸前挂金十字的老先生说了你要说的话，才安心到这石块底下躺着不是，贝克生姑娘？我还不死呐。但这静定的夜景是多大一个引诱！我觉得我的身子已经死了，就只一点子灵性在一个梦世界的浪花里浮萍似的飘着。空灵，安逸。梦世界是没有围墙的。没有涯涘的。你得宽恕我的无状，在昏夜里踞坐在你的寝次，姑娘。但我已然感到一种超凡的宁静，一种解放，一种莹澈的自由。这也许是你的灵感——你与雪地上的月影。

我不能承受你的智慧，但你却不能吝惜你的容忍。我不是你的谁，不是你的朋友，不是你的相知，但你不能不认识我现在向你诉说的忧愁，你——廉枫的手在石板的一头触到了冻僵的一束什么。一把萎谢了的花——玫瑰。有三朵，叫雪给腌僵了。他亲了亲花瓣上的冻雪。我羡慕你在人间还有未断的恩情，姑娘，但这也是个累赘，说到彻底的话。这三朵香艳的花

放上你的头边——他或是你的亲属或是你的知己——你不能不生感动不是？我也曾经亲自到山谷里去采集野香去安放在我的她的头边。我的热泪滴上冰冷的石块时，我不能怀疑她在泥土里或在星天外也含着悲酸在体念我的情意。但她是远在天的又一方，我今晚只能借景来抒解我的辛苦。

人生是辛苦的。最辛苦是那些在黑茫茫的天地间寻求光热的生灵。可怜的秋蛾，他永远不能忘情于火焰。在泥草间化生，在黑暗里飞行，抖擞着翅羽上的金粉——它的愿望是在万万里外的一颗星。那是我。见着光就感到激奋，见着光就顾不得粉脆的躯体，见着光就满身充满着悲惨的神异，殉献的奇丽——到火焰的底里去实现生命的意义。那是我。天让我望见那一柱光！那一个灵异的时间！"也就一半句话，甘露活了枯芽。"我的生命顿时豁裂成一朵奇异的愿望的花。"生命是悠久的"，但花开只是朝露与晚霞间的一段插话。殷勤是夕阳的顾盼，为花事的荣悴关心。可怜这心头的一撮土，更有谁来凭吊？"你的烦恼我全知道，虽则你从不曾向我说破；你的忧愁我全明白，为你我也时常难受。"清丽的晨风，吹醒了大地的荣华！"你耐着吧，美不过这半绽的蓓蕾。""我去了，你不必悲伤，珍重这一卷诗心，光彩常留在星月间。"她去了！光彩常在星月间。

陌生的朋友，你不嫌我话说得晦涩吧，我想你懂得。你一定懂。月光染白了我的发丝，这枯槁的形容正配与墓墟中人作

199

伴；它也仿佛为我照出你长眠的宁静……那不是我那她的眉目？迷离的月影，你何妨为我认真来刻画个灵通？她的眉目；我如何能遗忘你那永诀时的神情！竟许就那一度，在生死的边沿，你容许我怀抱你那生命的本真；在生死的边沿你容许我亲吻你那性灵的奥隐，在生死的边沿，你容许我醹啜你那妙眼的神辉。那眼，那眼！爱的纯粹的精灵迸裂在神异的刹那间！你去了，但你是永远留着。从你的死，我才初次会悟到生。会悟到生死间一种幽玄的丝缕。世界是黑暗的，但我却永久存储着你的不死的灵光。

廉枫抬头望着月。月也望着他。晴空添深了沉默。城墙外仿佛有一声鸦啼，像是裂帛，像是鬼啸。墙边一棵树上抛下了一捧雪，亮得耀眼。这还是人间吗？她为什么不来，像那年在山中的一夜？

> 我送别她归去，与她在此分离，
>
> 在青草里飘拂，她的洁白的裙衣。

诡异的人生！什么古怪的梦！希望，在你擎上手掌估计分量时，已经从你的手指间消失，像是发珠光的青汞。什么都得变成灰，飞散、飞散、飞散……我不能不羡慕你的安逸，缄默的墓中人！我心头还有火在烧，我怀着我的宝；永没有人能探得我的痛苦的根源，永没有人知晓，到那天我也得瞑目时，我把我的宝还交给上帝，除了他更有谁能赐予，能承受这生命的生命？我是幸福的！你不羡慕我吗，朋友？

我是幸福，因为我爱，因为我有爱。多伟大，多充实的一个字！提着它胸肋间就透着热，放着光，滋生着力量。多谢你的同情的倾听。长眠的朋友，这光阴在我是稀有的奢华。这又是北京的清静的一隅。在凉月下，在荒城边，在银霜满树时。但北京——廉枫眼前又扯亮着那狞恶的前门。像一个脑袋，像一个骷髅。丧事人家的鼓乐。北海的芦苇。荣叶能不死吗？在晚照的金黄中，有孤鹜在冰面上飞。消沉，消沉。更有谁眷念西山的紫气？她是死了——一堆灰。北京也快死了——准备一个钵盂，到枯木林中去安排它的葬事。有什么可说的？再会吧，朋友，还有什么可说的？

他正想站起身走，一回头见进门那路上仿佛又来了一个人影。肥黑的一团在雪地上移着，迟迟地移着，向着他的一边来。有树拦着，认不真是什么，是人吗？怪了，这是谁？在这大凉夜还有与我同志的吗？为什么不，就许你吗？可真是有些怪，它又不动了，那黑影子绞和着一棵树影，像一个大包袱。不能是鬼吧。为什么发噤，怕什么的？是人，许是又一个伤心人，是鬼，也说不定它别有怀抱。竟许是个女子，谁知道！在凉月下，在荒冢间，在银霜满地时。它伛偻着身子呐，像是捡什么东西。不能是个花子——花子化不到墓园里来。它转过来了！

它过来了，那一团的黑影。走近了。站定了，他也望着坐在坟墩上的那个发愣呐。是人，还是鬼，这月光下的一堆？他也在想。"谁？"粗糙的、沉浊的口音。廉枫站起了身，哈着一双冻手。"是我，你是谁？"他是一个矮老头儿，屈着肩背，手插在他的一件破旧制服的破袋里。"我是这儿看门的。"他也走到了月光下。活像《哈姆雷德》❶里一个掘坟的，廉枫觉得有趣，比一个妙年女子，不论是鬼是人，都更有趣。"先生，你什么时候进来的？我怕是睡着了，那门没有关严吗？""我进来半天了。""不凉吗，您坐在这石头上？""就你一个人看着门的？""除了我这样的苦小老儿，谁肯来当这苦差？""你来有几年了？""我怎么知道有几年了！反正老佛爷没有死，我早就来了。这该有不少年份了吧，先生？我是一个在旗吃粮的，您不看我的衣服？""这儿常有人来不？""倒是有。除了洋人拿花来上坟的，还有学生也有来的，多半是一男一女的。天凉了就少有来的了。你不也是学生吗？"他斜着一双老眼打量廉枫的衣服。"你一个人看着这么多的洋鬼不害怕？"老头儿他乐了。这话问得多幼稚，准是个学生，年纪不大。"害怕？人老了，人穷了，还怕什么的！再说我这还不是靠鬼吃一口饭吗？靠鬼，先生！""你有家不，老头儿！""早就死完了。死干净了。""你自己怕死不，老头儿？"老头儿又乐了。"先生，您又来了！人穷了，人老了，还怕死吗？你们年轻人

---

❶ 即《哈姆雷特》。

爱玩儿，爱乐，活着有意思，咱们哪说得上？"他在口袋里掏出一块黑绢子擤着他的冻鼻子。这声音挺大了。城圈里又有回音，这来坟场上倒添了不少生气。那边树上有几只老鸦也给惊醒了，亮着它们半冻的翅膀。"老头儿，你想是生长在北京的吧？""一辈子就没有离开过。""那你爱不爱北京？"老头儿简直想咧个大嘴笑。这学生问的话多可乐！爱不爱北京？人穷了，人老了，有什么爱不爱的？"我说给您听听吧。"他有话说。

"就在这儿东城根，多的是穷人、苦人。推土车的，推水车的，住闲的，残废的。全跟我一模一样的，生长在这城圈子里，一辈子没有离开过。一年就比一年苦，大米一年比一年贵。土堆里煤渣多捡不着多少。谁生得起火？有几顿吃得饱的？夏天还可对付，冬天可不能含糊。冻了更饿，饿了更冻。又不能吃土。就这几天天下大雪，好，狗都瘪了不少！"老头儿又擤了擤鼻子。"听说有钱的人都搬走了，往南，往东南，发财的，升官的，全去了。穷人苦人哪走得了？有钱人走了他们更苦了，一口冷饭都讨不着。北京就像个死城，没有气了，您知道！哪年也没有本年的冷清。您听听，什么声音都没有，狗都不叫了！前儿个我还见着一家子夫妻俩带着三个孩子饿急了，又不能做贼，就商量商量借把刀子破肚子见阎王爷去。可怜着呐，那男的一刀子捅了他媳妇的肚子，肠子漏了，血直冒，算完了一个，等他抹回头拿刀子对自个儿的肚子撩，您说怎么了，那女的眼还睁着没有死透，眼看着她丈夫拿刀扎自己，一急就拼着她那血身体向刀口直推，您说怎么了，她那手正冲着刀锋，快着呐，一只手，四根手指，就让白萝卜似的给劈了下来，脆着呐！那男的一看这神儿，一心痛就痛偏了心，掷了刀回身就往外跑，满口疯嚷嚷地喊救命，这一跑谁知他往哪儿去了，昨儿个盔甲厂派出所的巡警说起这件事都撑不住淌眼泪哪。同是人不是，人总是一条心，这苦年头谁受得了？苦人倒是爱面子，又不能偷人家的。真急了就吊，不吊就往水里淹，大雪天河沟冻了淹不了，就借把刀子抹脖子拉肚肠根。是穷么，有什么说的？好，话说回来了，您问我爱不爱北京。人穷了，人苦了，还有什么路走？爱什么！活不了，就得爱死！我不说北京就像个死城吗？我说它简直死定了！我还掏了二十个大子给那一家三小子买窝窝头吃。才可怜哪！好，爱不爱北京？北京就是这死定了，先生！还有什么说的？"

廉枫出了坟园低着头走，在月光下走了三四条老长的胡同才雇到一辆车。车往西北正顶着刀尖似的凉风。他裹紧了大衣，烤着自己的呼吸，心里什么念头都给冻僵了。有时他睁眼望望一街阴惨的街灯，又看看那上年纪的车夫在滑溜的雪道上顶着风一步一步地挨，他几回都想叫他停下来自己下去让他坐上车拉他，但总是说不出口。半圆的月在雪道上亮着它的银光。夜深了。

读与思

清末民初，北京前门大街各行齐聚，这里集中了京城大部分的老字号，有著名的五大戏院，八大胡同，成了京城最热闹、最繁华之地。徐志摩在本文中对前门大街的描述颇为引人入胜，大家试着找出这些段落和句子，一起来品味那个年代它的繁华吧！

205

"浓得化不开"（星加坡）①

导读提示

浓得化不开，既是这篇散文的篇章名，也是徐志摩散文文风独树一帜的特点之一，绮丽浓烈、绚烂、甜腻。这篇以主人公廉枫傍晚游览过新加坡风光至回到旅店过程中的心理感受为主线，向我们展示了他浓得化不开的体会与情感。在这篇散文里，我们可以领略到别具一徐志摩独特的散文个性用诗的节奏对心理感觉的推进，一种诗意的绵密文字形成一种韵味悠长的散文语态。

　　大雨点打上芭蕉有铜盘的声音，怪。"红心蕉"，多美的字面。红得浓得好。要红，要热，要烈，就得浓，浓得化不

---

① 即新加坡。

开，树胶似的才有意思，"我的心像芭蕉的心，红……"不成！"紧紧地卷着，我的红浓的芭蕉的心……"更不成。趁早别再诌什么诗了。自然的变化，只要你有眼，随时随地都是绝妙的诗。完全天生的。白做就不成。看这骤雨，这万千雨点奔腾的气势，这迷蒙、这渲染，看这一小方草生受这暴雨的侵凌、鞭打、针刺，脚踹，可怜的小草，无辜的……可是慢着，你说小草要是会说话。它们会嚷痛，会叫冤不？难说它们就爱这门儿——出其不意的，使蛮劲的，太急一些，当然，可这正见情热，谁说这外表的凶狠不是变相的爱。有人就爱这急劲儿！

再说小草儿吃亏了没有，让急雨狼虎似的胡亲了这一阵子？别说了，它们这才真露着喜色哪，绿得发亮，绿得生油，绿得放光。它们这才乐呐！

不说别的，这雨后的泥草间就是万千小生物的胎宫，蚊虫，甲虫，长脚虫，青跳虫，慕光明的小生灵，人类的大敌。热带的自然更显得浓厚，更显得猖狂，夜晚的星都显得玲珑些，像要向你说话半开的妙口似的。

可是这一个人耽在旅舍里看雨，够多凄凉。上街不知向哪儿转，一个熟脸都看不见，话都说不通，天又快黑，潮湿的地，你上哪儿去？"有孤王……"一个小声音从廉枫的嗓子里自己唱了出来。"坐至在梅……"怎么了！哼起京调来了？一想着单身就转着梅龙镇，再转就该是李凤姐了吧，哼！好，从高超的诗思堕落到腐败的戏腔！可是京戏也不一定是腐败，何必一定得跟着现代人学势利？正德皇帝在梅龙镇上，林廉枫在星加坡。他有凤姐，我——惭愧没有。廉枫的眼前晃着舞台上凤姐的倩影，曳着围巾，托着盘，踩着跷。"自幼儿……"去你的！可是这闷是真的。雨后的天黑得更快，黑影一幕幕直盖下来，麻雀儿都回家了。干什么好呢？有什么可干的？这叫作孤单的况味。这叫作闷。怪不得唐明皇在斜谷口听着栈道中的雨声难过，良心发现，想着玉环……我负了卿，负了卿……转自忆荒茔，又是戏！又不是戏迷，左哼右哼哼什么的！出门吧。

廉枫跳上了一架厂车，也不向那戴白顶帽的马来人开口，就用手比了一个丢圈子的手势。那马来人完全了解，脑袋微微地一侧，车就开了。焦桃片似的店房，黑芝麻长条饼似的街，野兽似的汽车，磕头虫似的人力车，长人似的树，矮树似的人。廉枫在急掣的车上快镜似的收着模糊的影片，同时顶头风刮得他本来梳整齐的分边的头发直向后冲，有几根沾着他的眼皮痒痒地舐，掠上了又下来，怪难受的。这风可真凉爽，皮肤上，毛孔里，哪儿都受用，像是在最温柔的水波里游泳。做鱼的快乐。气流似乎是密一点，显得沉。一只疏荡的胳膊压在你的心窝上……确是有肉糜的气息，浓得化不开。快，快，芭蕉的巨灵掌，椰子树的旗头，橡皮树的白鼓眼，棕榈树的毛大腿，合欢树的红花痫，无花果树的要饭腔，蹲着脖子，弯着臂膊……快，快，马来人的花棚，中国人家的氅灯，西洋人家的牛奶瓶，马来人的白顶帽，一脸的黑花，活像一只煨灶的猫……

车忽然停住在那有名的潴水潭的时候，廉枫快活的心轮转得比车轮更显得快，这一顿才把他从幻想里锤了回来。这时候旅困是完全叫风给刮散了。风也刮散了天空的云，大狗星张着大眼霸占着东半天，猎夫只看见两只腿，天马也只露半身，吐鲁士牛大哥只翘着一支小尾。咦，居然有湖心亭。这是谁的主意？红毛人都雅化了，唉。不坏，黄昏未死的紫曛，湖边丛林的倒影，林树间艳艳的红灯，瘦伶伶的窄堤桥连通着湖亭。水面上若无若有的涟漪，天顶几颗疏散的星。真不坏。但他走上堤桥不到半路就发现那亭子里一齿齿的把柄，原来这是为安量水表的，可这也将就，反正轮廓是一座湖亭，平湖秋月……有人在呐！这回他发现的是靠亭栏的一对人影，本来是糊成一饼的，他一走近打搅了他们。"道歉，有扰清兴，但我还不只是一朵游云，虑俺作甚。"廉枫默诵着他戏白的念头，粗粗望了望湖，转身走了回去。"苟……"他坐上车起首想，但他记起了烟卷，忙着在风尖上划火，下文如其有，也在他第一喷龙卷烟里没了。

廉枫回进旅店门仿佛又投进了昏沉的圈套。一阵热，一阵烦，又压上了他在晚凉中疏爽了来的心胸。他正想叹一口安命的气走上楼去，他忽然感到一股彩流的袭击从右首窗边的桌座

上飞扑了过来。一种巧妙的敏锐的刺激，一种浓艳的警告，一种不是没有美感的迷惑。只有在巴黎晦盲的市街上走进新派的画店时，仿佛感到过相类的惊惧。一张佛拉明果❶的野景，一幅玛提斯❷的窗景，或是佛朗次马克❸的一方人头马面。或是

---

❶ 现在一般译作弗朗芒克。

❷ 现在一般译作马蒂斯。

❸ 现在一般译作弗朗茨·马尔克。

马克夏高尔❶的一个卖菜老头。可这是怎么了，那窗边又没有挂什么未来派的画，廉枫最初感觉到的是一球大红，像是火焰；其次是一片乌黑，墨晶似的浓，可又花须似的轻柔；再次是一流蜜，金漾漾地一泻，再次是朱古律❷（Choclate），饱和着奶油最可口的朱古律。这些色感因为浓，初来显得凌乱，但瞬息间线条和轮廓的辨认笼住了色彩的蓬勃的波流。廉枫幽幽地喘了一口气。"一个黑女人，什么了！"可是多妖艳的一个黑女，这打扮真是绝了，艺术的手腕神化了天生的材料，好！乌黑的、惺忪的是她的发，红的是一边鬓角上的插花，蜜色是她的灵巧的挂肩，朱古律是姑娘的肌肤的鲜艳，得儿朗打打，得儿铃丁丁……廉枫停步在楼梯边的欣赏不期然地流成了新韵。

"还漏了一点小小的却也不可少的点缀，她一只手腕上还戴着一小只金环呐。"廉枫上楼进了房还是尽转着这绝妙的诗题——色香味俱全的奶油朱古律，耐宿儿老牌，两个辨士❸一厚块，拿铜子往轧缝里放，一，二，再拉那铁环，喂，一块印金字红纸包的耐宿儿奶油朱古律。可口！最早黑人上画的怕是

---

❶ 现在一般译作马克斯·克林格尔。

❷ 现在一般译作朱古力或巧克力。

❸ 即便士，英国货币单位。英语 pennies 的音译。

孟内❶那张《奥林匹亚》吧，有心机的画家，廉枫躺在床上在脑筋里翻着近代的画史。有心机有胆识的画家，他不但敢用黑，而且敢用黑来衬托黑，唉，那斜躺着的奥林匹亚不是鬓上也插着一朵花吗？底下的那位很有点像奥林匹亚的抄本，就是白得变黑了。但最早对朱古律的肉色表示敬意的可还得让还高更，对了，就是那味儿，浓得化不开，他为人间，发现了朱古律皮肉的色香味，他那本 Noa，Noa❷是二十世纪的"新生命"——到半开化，全野蛮的风土间去发现文化的本真，开辟文艺的新感觉……

但底下那位朱古律姑娘倒是做什么的？做什么的傻子！她是一个人道主义者，一筏普济的慈航，她是赈灾的特派员，她是来慰藉旅人的幽独的。可惜不曾看清她的眉目，望去只觉得浓，浓得化不开，谁知道她眉清还目秀。眉清目秀！思想落后！唯美派的新字典上没有这类腐败的字眼。且不管她眉目，她那姿态确是动人，怯怜怜的，简直是秀丽，衣服也剪裁得好，一头蓬松的乌霞就耐人寻味。"好花儿出生在僻岛上！"廉枫闭着眼又哼上了……

"谁？"悉窣的门响将他从床上惊跳了起来，门慢慢地自

---

❶ 现在一般译作马奈。

❷ 全名为"Noa, Noa: the tahitian journal"，是高更在塔希提作画时的日记，回法国后因没有出版商愿意出版，遂自费出版。

己开着，廉枫的眼前一亮，红的！一朵花！是她！进来了！这怎么好！镇定，傻子，这怕什么。

她果然进来了，红的，蜜的，乌的，金的，朱古律，耐宿儿，奶油全进来了。你不许我进来吗？朱古律低声地唱着，反手关上了门。这回眉目认得清楚了。清秀、秀丽、韶丽；不成，实在得另翻一本字典，可是"妖艳"，总合得上。廉枫迷糊的脑筋里挂上了"妖""艳"两个大字。朱古律姑娘也不等请，已经自己坐上了廉枫的床沿。你倒像是怕我似的，我又不是马来半岛上的老虎！朱古律的浓重的色，浓重的香团团围裹住了半心跳的旅客。浓得化不开！李凤姐，李凤姐，这不是你要的好花儿自己来了！笼着金环的一只手腕放上了他的身，紫姜的一只小手把住了他的手。廉枫从没有知道他自己的手有那样的白。"等你家哥哥回来……"廉枫觉得他自己变了骤雨下的小草，不知道是好过，也不知道是难受。湖心亭上那一饼子黑影。大自然的创化欲。你不爱我吗？朱古律的声音也动人——脆、幽、媚。一只青蛙跳进了池潭，扑！猎夫该从林子里跑出来了吧？你不爱我吗？我知道你爱，方才你在楼梯边看我，我就知道，对不对，亲孩子？紫姜辣上了他的面庞，救驾！快辣上他的口唇了。可怜的孩子，一个人住着也不嫌冷清，你瞧，这胖胖的荷兰老婆❶都让你抱瘪了！廉枫一看果然那荷兰老婆

---

❶ Dutch Wife 的直译，是东南亚地区长枕、竹枕一类的物品。

让他给挤扁了，他不由得觉得脸有些发烧。我来做你的老婆好不好？朱古律的乌云都盖下来了。"有孤王……"使不得。朱古律，盖苏文，青面獠牙的……"干米一家的姑母。"血盆的大口，高耸的颧骨，狼嗥的笑响……鞭打、针刺、脚踢——喜色，呸，见鬼！闷死了，不好，茶房！

廉枫想叫可是嚷不出，身上油油的，觉得全是汗。醒了醒了，可了不得，这心跳得多厉害。南洋长枕头活该遭劫，夹成了一个破烂的葫芦。廉枫觉得口里直发腻，紫姜、朱古律，也不知是什么。浓得化不开。

一九二八年一月

读 与 思

　　文中有很多精彩的对颜色描写的句子，比如"红心蕉"，多美的字面，红得浓得好。要红，要热，要烈，就得浓，浓得化不开，树胶似的才有意思。表现出对热烈、绚烂的美的热衷之情。读完之后，你对颜色是否有了新的认识？或者可以尝试着找一幅梵高的水彩画，体会一下"浓得化不开"的美。

『浓得化不开』之二（香港）

导读提示

《浓得化不开》香港篇延续了上一篇对心理感觉的细致描写手法，如对香港"浓密、琳琅、富庶"的印象，坐在吊盘车上山因为失重产生的下坠感，登高凭眺香港时对眼前景象的震撼，下山时淡淡的惆怅，都十分传神，让读者真切易感。但相较于南洋街道风情，这篇对灵秀的自然描写更多，用词绵密，色泽缤纷，那融于自然时"沉酣的快感"淋漓展现，真可谓如诗如画，充分显示出徐志摩的诗人气质。

廉枫到了香港，他见的九龙是几条盘错的运货车的浅轨，似乎有头，有尾，有中段，也似乎有隐现的爪牙，甚至在火车头穿度那栅门时似乎有弥漫的云气。中原的念头，虽则有广九车站上高标的大钟的暗示，当然是不能在九龙的云气中幸存。这在事实上也省了许多无谓的感慨。因此眼看着对岸，屋宇像樱花似盛开着的一座山头，如同对着希望的化身，竟然欣欣地上了渡船，从妖龙的脊背上过渡到希望的化身去。

富庶，真富庶，从街角上的水果摊看到中环乃至上环大街的珠宝店；从悬挂得如同Banyan❶一般繁衍的腊食及海味铺看到穿着定阔花边艳色新装走街的粤女；从石子街的花市看到饭店门口陈列着"时鲜"的花狸金钱豹，以及在浑水盂内蜷卧着的海狗鱼，唯一的印象是一个不容分析的印象：浓密、琳琅。琳琅，琳琅，廉枫似乎听得到钟磬相击的声响。富庶，真富庶。

但看香港，至少玩香港少不了坐吊盘车上山去一趟。这吊着上去是有些好玩。海面、海港、海边，都在轴辘声中继续地往下沉。对岸的山，龙蛇似盘旋着的山脉，也往下沉。但单是直落地往下沉还不奇，妙的是一边你自身凭空地往上提，一边绿的一角海，灰的一陇山，白的方的房屋，高直的树，都怪相的一头吊了起来，结果是像一幅画斜提着看似的。同时这边的山头从平放的馒头变成侧竖的，山腰里的屋子从横刺里倾斜了去，相近的树木也跟着平行地来。怪极了。原来一个人从来不想到他自己的地位也有不端正的时候；你坐在吊盘车里只觉得

---

❶ 英语，榕树。

眼前的事物都发了疯，倒竖了起来。

　　但吊盘车的车里也有可注意的。一个女性在廉枫的前几行椅座上坐着。她满不管车外拿大鼎[1]的世界，她有她的世界。她坐着，屈着一条腿，脑袋有时枕着椅背，眼向着车顶望，一个手指含在唇齿间。这不由人不注意。她是一个少妇与少女间的年轻女子。这不由人不注意，虽则车外的世界都在那里倒竖着玩。

---

[1] 同"拿大顶"。

她在前面走。上山。左转弯，右转弯，宕一个山腰的弧线，她在前面走。沿着山堤，靠着岩壁，转入Aloe❶丛中，绕着一所房舍，抄一折小径，拾几级石磴，她在前面。如其山路的姿态是婀娜，她的也是的。灵活的山的腰身，灵活的女人的腰身。浓浓地折叠着，融融地松散着。肌肉的神奇！动的神奇！

廉枫心目中的山景，一幅幅地舒展着，有的山背海，有的山套山，有的浓荫，有的巉岩，但不论精粗，每幅的中点总是她，她的动，她的中段的摆动。但当她转入一个比较深奥的山坳时，廉枫猛然记起了Tannhauser❷的幸运与命运——吃灵魂的薇纳丝❸一样的肥满。前面别是她的洞府呒，危险，小心了！

她果然进了她的洞府，她居然也回头看来。她竟然似乎在回头时露着微哂的弧犀。孩子，你敢吗？那洞府径直的石阶竟像直通上天。她进了洞了。但这时候路旁又发生一个新现象，惊醒了廉枫"邓浩然"❹的遐想。一个老婆子操着最破烂的粤

---

❶ 英语，芦荟。

❷ 现在一般译作唐豪塞，德国中世纪诗人，后来成为民谣中的英雄人物，曾被瓦格纳作为主人公写成歌剧。

❸ 现在一般译作维纳斯（Venus），是古代罗马神话故事中专司女性魅力与美貌的爱与美之女神。

❹ 即上文中的Tannhauser，唐豪塞。

音问他要钱。她不是花子，至少不是职业的，因为她现成有她体面的职业。她是一个劳工。她是一个挑砖瓦的。挑砖瓦上山因红毛人要造房子。新鲜的是她同时挑着不止一副重担，她的是局段的回复的运输。挑上一担，走上一段路，空身下来再挑一担上去，如此再下再上，再下再上。她不但有了年纪，她并且是个病人。她的喘是哮喘，不仅是登高的喘，她也咳嗽，她有时全身都咳嗽。但她可解释错了。她以为廉枫停步在路中是对她发生了哀怜的趣味，以为看上了她！她实在没有注意到这位年轻人的眼光曾经飞注到云端里的天梯上。她实在想不到在这寂寞的山道上会有与她利益相冲突的现象。她当然不能使他失望。当得成全他的慈悲心。她向他伸直了她的一只焦枯得像贝壳似的手，口里呢喃着在她是最软柔的语调。但"她"已经进洞府了。

往更高处去。往顶峰的顶上去。头顶着天，脚踏着地尖，放眼到寥廓的天边。这次的凭眺不是寻常的凭眺。这不是香港，这简直是蓬莱仙岛，廉枫的全身，他的全人，他的全心神，都感到了醺醉，觉得震荡。宇宙的肉身的神奇。动在静中，静在动中的神奇。在一刹那间，在他的眼内，在他的全生命内，这当前的景象幻化成一个神灵的微笑，一曲完美的歌调，一朵宇宙的琼花。一朵宇宙的琼花在时空不容分化的仙掌上俄然地擎出了它全盘的灵异。山的起伏，海的起伏，光的起伏；山的颜色，水的颜色，光的颜色——形成了一种不可比况的空灵，一种不可比况的节奏，一种不可比况的谐和。一方宝石，一球纯晶，一颗珠，一个水泡。

但这只是一刹那，也许只许一刹那。在这刹那间廉枫觉得他的脉搏都止息了跳动。他化入了宇宙的脉搏。在这刹那间一切都融合了，一切都消纳了，一切都停止了，它本体的现象的动作来参加这"刹那的神奇"的伟大的化生。在这刹那间他上山来，心头累聚着的杂格的印象与思绪，梦似的消失了踪影，倒挂的一角海，龙的爪牙，少妇的腰身，老妇人的手与乞讨的琐碎，薇纳丝的洞府，全没了。但转瞬间现象的世界重复回

还。一层纱幕，适才睁眼纵览时顿然揭去的那一层纱幕，重复不容商榷地盖上了大地。在你也回复了各自的辨认的感觉，这景色是美，美极了的，但不再是方才那整个的灵异。另一种文法，另一种关键，另一种意义也许，但不再是那个。它的来与它的去，正如恋爱，正如信仰，不是意力可以支配，可以做主的。他这时候可以分别赏识这一峰是一个秀挺的莲苞，那一屿像一只雄蹲的海豹，或是那湾海像一钩的眉月；他也能欣赏这幅天然画图的色彩与线条的配置，透视匀整或是别的什么，但他见的只是一座山峰，一湾海，或是一幅画图。他尤其惊讶那波光的灵秀，有的是绿玉，有的是紫晶，有的是琥珀，有的是翡翠，这波光接连着山峰的晴霭，化成一种异样的珠光，扫荡着无际的晴空，但就这也是可以指点，可以比况给你身旁的友伴的一类诗意，也不再是初起那回事。这层遮隔的纱幕是盖定的了。

因此廉枫拾步下山时心胸的舒爽与恬适不是不和杂着，虽则是隐隐的，一些无名的惆怅。过山腰时他又飞眼望了望那"洞府"，也向路侧寻觅那挑砖瓦的老妇，她还是忙着搬运着她那搬运不完的重担，但他对她犹是对"她"，兴趣远不如上山时的那样馥郁了。他到半山的凉座地方坐下来休息时，他的思想几乎完全中止了活动。

读 与 思

　　一篇优秀的散文，能让读者触摸到作家"主体脉搏"的跳动、心灵的震荡，把握作家的主体人格和气质。不知道读完这篇文章后，你们对徐志摩这位作家的写作风格以及气质有没有一个具体的概念？试着分析、归纳一下。

我的祖母之死

《我的祖母之死》就是一篇动人至深的文章。散文化的语言，自由、宽泛，不受内容、格律限制。诗人是一个至情至性的人，以感情的眼光体验世界，表达自我对生命的独特体悟。诗人亲眼目睹了祖母从生到死这一过程，也不自觉地陷入了生与死的冥想，但他从没有失去希望。在文中还有富有宗教意味的语句，诗人认为生命的旅途中会伴随着虚无、退缩和消极，但面对死亡，就像文中写的，"如果我们生前是尽责任的，是无愧的，我们就会安坦地走近我们的坟墓，我们的灵魂不会有惭愧或悔恨的齿痕"，我们可以力图超越时间与死亡，那是一种自我的蜕变和终极的归宿。

一

一个单纯的孩子，

过他快活的时光，

兴冲冲的，活泼泼的，

何尝识别生存与死亡？

　　这四行诗是英国诗人华茨华斯❶（William Wordsworth）一首有名的小诗叫作《我们是七人》（We are Seven）的开端，也就是他的全诗的主意。这位爱自然，爱儿童的诗人，有一次碰着一个八岁的小女孩，卷发蓬松得可爱，他问她兄弟姊妹共有几人，她说我们是七个，两个在城里，两个在外国，还有一个姊妹一个哥哥，在她家里附近教堂的墓园里埋着。但她小孩的心理，却不分清生与死的界限，她每晚携着她的干点心与小盘皿，到那墓园的草地里，独自地吃，独自地唱，唱给她的在土堆里眠着的兄姊听，虽则他们静悄悄地没有回响，她烂漫的童心却不曾感到生死间有不可思议的阻隔；所以任凭华翁多方的譬解，她只是睁着一双灵动的小眼，回答说：

　　"可是，先生，我们还是七人。"

---

❶ 现在一般译作华兹华斯，英国浪漫主义诗人。

其实华翁自己的童真，也不让那小女孩的完全：他曾经说："在孩童时期，我不能相信我自己有一天也会静悄悄地躺在坟里，我的骸骨会得变成尘土。"又一次他对人说"我做孩子时最想不通的，是死的这回事儿将来也会得轮到我自己身上。"

孩子们天生是好奇的，他们要知道猫儿为什么要吃耗子，小弟弟从哪里变出来的，或是究竟先有鸡还是先有鸡蛋；但人生最重大的变端——死的现象与实在，他们也只能含糊地看过，我们不能期望一个个小孩子们都是搔头穷思的丹麦王子。他们临到丧故，往往跟着大人啼哭；但他只要眼泪一干，就会到院子里踢毽子，赶蝴蝶，就使在屋子里长眠不醒了的是他们的亲爹或亲娘，大哥或小妹，我们也不能盼望悼死的悲哀可以完全翳蚀了他们稚羊小狗似的欢欣。你如对孩子说，你妈死了，你知道不知道——他十次里有九次只是对着你发呆；但他等到叫妈、妈偏不应的时候，他的嫩颊上就会有热泪流下。但小孩天然的一种表情，往往可以给人们最深的感动。我生平最忘不了的一次电影，就是描写一个小孩爱恋已死母亲的种种天真的情景。她在园里看种花，园丁告诉她这花在泥里，浇下水去，就会长大起来。那天晚上天下大雨，她睡在床上，被雨声惊醒了，忽然想起园丁的话，她的小脑筋里就发生了绝妙的主意。她偷偷地爬出了床，走下楼梯，到书房里去拿下桌上供着的她死母的照片，一把揣在怀里，也不顾倾倒着的大雨，一直走到园里，在地上用园丁的小锄掘松了泥土，把她怀里的亲妈，谨慎地取了出来，栽在泥里，把松泥掩护着；她做完了工就蹲在那里守候——一个三四岁的女孩，穿着白色的睡衣，在深夜的暴雨里，蹲在露天的地上，专心笃意地盼望已经死去的亲娘，像花草一般，从泥土里发长出来！

三

我初次遭逢亲属的大故，是二十年前我祖父的死，那时我还不满六岁。那是我生平第一次可怕的经验，但我追想当时的心理，我对于死的见解也不见得比华翁的那位小姑娘高明。我记得那天夜里，家里人吩咐祖父病重，他们今夜不睡了，但叫我和我的姊妹先上楼睡去，回头要我们时他们会来叫的。我们就上楼去睡了，底下就是祖父的卧房，我那时也不十分明白，只知道今夜一定有很怕的事，有火烧、强盗抢、做噩梦，一样的可怕。我也不十分睡着，只听得楼下的急步声、碗碟声、唤婢仆声、隐隐的哭泣声，不息地响着。过了半夜，他们上来把我从睡梦里抱了下去，我醒过来只听得一片的哭声，他们已经把长条香点起来，一屋子的烟，一屋子的人，围拢在床前，哭的哭，喊的喊，我也换了过去，在人丛里偷看大床里的好祖父。忽然听说醒了醒了，哭喊声也歇了，我看见父亲趴在床

上，把病父抱持在怀里，祖父倚在他的身上，双眼紧闭着，口里衔着一块黑色的药物，他说话了，很轻的声音，虽则我不曾听明他说的什么话，后来知道他经过了一阵昏晕，他又醒了过来对家人说："你们吃吓了，这算是小死。"他接着又说了好几句话，随讲音随低，呼气随微，去了，再不醒了，但我却不曾亲见最后的弥留，也许是我记不起，总之我那时早已跪在地板上，手里擎着香，跟着大众高声地哭喊了。

四

此后我在亲戚家收殓虽看得不少，但实在的状况却不曾见过。我们念书人的幻想力是比较的丰富，但往往因为有了幻想力，就不管生命现象的实在，结果是书呆子，陆放翁说的"百无一用是书生"。人生的范围是无穷的，我们少年时精力充足什么都不怕尝试，只愁没有出奇的事情做，往往抱怨这宇宙太窄，青天太低，大鹏似的翅膀飞不痛快，但是……但是平心地说，且不论奇的、怪的、特别的、离奇的，我们姑且试问人生里最基本的事实，最单纯的、最普遍的、最平庸的、最近人情的经验，我们究竟能有多少的把握，我们能有多少深彻的了解，我们是否都亲身经历过？譬如说：生产、恋爱、痛苦、悲、死、妒、恨、快乐、真疲倦、真饥饿、渴、毒焰似的渴、真的幸福、冻的刑罚、忏悔、种种的情愫。我可以说，我们平常人生观、人类、人道、人情、真理、哲理、本能等名词不离口吻的念书人们，什么文学家，什么哲学家——关于真正人生基本的事实的实在，知道的——恐怕是极微至鲜，即使不等于圆圈。我有一个朋友，他和他夫人的感情极厚，一次他夫人临到难产，因为在外国，所以进医院什么都得他自己照料，最后医生宣言只有用手术一法，但性命不能担保，他没有法子，只好和他半死的夫人诀别（解剖时亲属不准在旁的）。满心毒魔似的难受，他出了医院，走在道上，走上桥去，像得了离魂病似的，心脉舂臼似的跳着，最后他听着了教堂和缓的钟声，他就不自主地跟着钟声，进了教堂，跟着在做礼拜的跪着、祷告、忏悔、祈求、唱诗、流泪（他并不是信教的人），他这样的换过时刻，后来回转医院时，一步步都是残酷的磨难，比上行刑场的犯人，加倍的难受，他怕见医生与看护妇，仿佛他的命运是在他们的手掌里握着。事后他对人说："我这才知道了人生一点子的意味！"

五

所以不曾经历过精神或心灵的大变的人们，只是在生命的户外徘徊，也许偶尔猜想到几分墙内的动静，但总是浮的、浅的、不切实的，甚至完全是隔膜的。人生也许是个空虚的幻梦，但在这幻象中，生与死，恋爱与痛苦，毕竟是陡起的奇峰，应得激动我们彷徨者的注意，在此中也许有可以感悟到一些幻里的真，虚中的实，这浮动的水泡不曾破裂以前，也应得饱吸自由的日光，反射几丝颜色！

我是一只不羁的野驹，我往往纵容想象的猖狂，诡辩人生的现实；比如凭借凹折的玻璃，觉察当前景色。但时而复再，我也能从烦嚣的杂响中听出清新的乐调，在炫耀的杂彩里，看出有条理的意匠。这次祖母的大故，老家庭的生活，给我不少静定的时刻，不少深刻的反省。我不敢说我因此感悟了部分的真理，或是取得了若干的智慧；我只能说我因此与实际生活更深了一层的接触，益发激动我对于人生种种好奇的探讨，益发使我惊讶这玄妙，不但死是神奇的现象，不但生命与呼吸是神奇的现象，就连日常的生活与习惯与迷信，也好像放射着异样的光闪，不容我们擅用一两个形容词来概括，更不容我们倡言什么主义来抹杀——一个革新者的热心，碰着了实在的寒冰！

六

我在我的日记里翻出一封不曾写完不曾付寄的信，是我祖母死后第二天的早上写的。我那时在极强烈的、极鲜明的时刻内，很想把那几日经过感想与疑问，痛快地写给一个同情的好友，使他在数千里外也能分尝我强烈的鲜明的感情。那位同情的好友我选中了通伯，但那封信却只起了一个呆重的头，一为丧中忙，二为我那时眼热不耐用心，始终不曾写就，一直挨到现在再想补写，恐怕强烈已经变弱，鲜明已经透暗，逃亡的囚逋，不易追获的了。我现在把那封残信录在这里，再来追摹当时的情景。

通伯：

我的祖母死了！从昨夜十时半起，直到现在，满屋子只是号咷呼抢的悲音。与和尚、道士、女僧的礼忏鼓磬声。二十年前祖父丧时的情景，如今又在眼前了。忘不了的情景！你愿否听我讲些？

我一路回家，怕的是也许已经见不到老人，但老人却在生死的交关仿佛存心弥留着，等待她最钟爱的孙儿——即不能与他开言诀别，也使他尚能把握她依然温暖的手掌，抚摩她依然跳动着的胸怀。凝视她依然能自开自阖虽则不再能表情的眼睛。她的病是脑充血的一种，中医称为"卒中"（最难救的中风）。她十日前在暗房里踬仆倒地，从此不再开口出言，登仙似的结束了她八十四岁的长寿，六十年良妻与贤母的辛勤，她现在已经永远脱辞了烦恼的人间，还归她清净自在的来处。我们承受她一生的厚爱与荫泽的儿孙，此时亲见，将来追念，她最后的神化，不能自禁中怀的摧痛，热泪暴雨似的喷涌，然痛心中却亦隐有无穷的赞美，热泪中依稀想见她功成德备的微笑，无形中似有不朽的灵光，永远地临照她绵衍的后裔……

七

旧历的乞巧那一天，我们一大群快活的游踪，驴子灰的黄的白的，轿子四个脚夫抬的，正在山海关外，迂回地、曲折地绕登角山的栖贤寺，面对着残圮的长城，巨虫似的爬山越岭，隐入烟霭的迷茫。那晚回北戴河海滨住处，已经半夜，我们还打算天亮四点钟上莲峰山去看日出，我已经快上床，忽然想起了，出去问有信没有，听差递给我一封电报，家里来的四等电报❶。我就知道不妙，果然是"祖母病危速回"！我当晚就收拾行装，赶早上六时车到天津，晚上才上津浦快车。正嫌路远车慢，半路又为水发冲坏了轨道过不去，一停就停了十二点钟有余，在车里多过了一夜，直到第三天的中午方才过江上沪宁车。这趟车如其准点到上海，刚好可以接上沪杭的夜车，谁知道又误了点，误了不多不少的一分钟，一面我们的车进站，他们的车头呜的一声叫，别断别断地去了！我若然是空身子，还可以冒险跳车，偏偏我的一双手又被行李雇定❷了，所以只得定着眼睛送它走。

所以直到八月二十二日的中午我方才到家。我给通伯的信说"怕是已经见不着老人"，在路上那几天真是难受，缩不短

---

❶ 即特急电报。

❷ 同"固定"。

的距离没有法子，但是那急人的水发，急人的火车，几面凑拢来，叫我整整的迟一昼夜到家！试想病危了的八十四岁的老人，这二十四点钟不是容易过的，说不定她刚巧在这个期间内有什么动静，那才叫人抱憾哩！但是结果还算没有多大的差池——她老人家还在生死的交关等着！

八

奶奶——奶奶——奶奶！奶——奶！你的孙儿回来了，奶奶！没有回音。老太太阖着眼，仰面躺在床里，右手拿着一把半旧的雕翎扇很自在地扇动着。老太太原来就怕热，每年暑天总是扇子不离手的，那几天又是特别的热。这还不是好好的老太太，呼吸顶匀净的，定是睡着了，谁说危险！奶奶，奶奶！她把扇子放下了，伸手去摸着头顶上挂着的冰袋，一把抓得紧紧的，呼了一口长气，像是暑天赶道儿的喝了一碗凉汤似的，这不是她明明的有感觉不是？我把她的手拿在我的手里，她似乎感觉我手心的热，可是她也让我握着，她开眼了！右眼张得比左眼开些，瞳子却是发呆，我拿手指在她的眼前一挑，她也没有瞬，那准是她瞧不见了——奶奶，奶奶——她也真没有听见，难道她真是病了，真是危险，这样爱我疼我宠我的好祖母，难道真会得……我心里一阵的难受，鼻子里一阵的酸，滚热的眼泪就进了出来。这时候床前已经挤满了人，我的这位，

我的那位，我一眼看过去，只见一片惨白忧愁的面色，一双双装满了泪珠的眼眶。我的妈更看得憔悴。她们已经伺候了六天六夜，妈对我讲祖母这回不幸的情形，怎样的她夜饭前还在大厅上吩咐事情，怎样的饭后进房去自己擦脸，不知怎样地闪了下去，外面人听着响声才进去，已经是不能开口了，怎样地请医生，一直到现在还没有转机……

　　一个人到了天伦骨肉的中间，整套的思想情绪，就变换了式样与颜色。你的不自然的口音与语法没有用了；你的耀眼的袍服可以不必穿了；你的洁白的天使的翅膀，预备飞翔出人间到天堂的，不便在你的慈母跟前自由地开豁；你的理想的楼台亭阁，也不轻易地放进这二百年的老屋；你的佩剑、要塞，以及种种的防御，在争竞的外界即使是必要的，到此只是可笑的累赘。在这里，不比在其余的地方，他们所要求于你的，只是随熟的声音与笑貌，只是好的，纯粹的本性，只是一个没有斑点子的赤裸裸的好心。在这些纯爱的骨肉的经纬中间，不由得你不从你的天性里抽出最柔糯亦最有力的几缕丝线来加密或是缝补这幅天伦的结构。

　　所以我那时坐在祖母的床边，含着两朵热泪，听母亲叙述她的病况，我脑中发生了异常的感想，我像是至少逃回了二十年的光阴，正如我膝前子侄辈一般的高矮，恢复了一片纯朴的童真，早上走来祖母的床前，揭开帐子叫一声软和的奶奶，她也回叫了我一声，伸手到里床去摸给我一个蜜枣或是三片状元

239

糕，我又叫了一声奶奶，出去玩了，那是如何可爱的辰光，如何可爱的天真，但如今没有了，再也不回来了。现在床里躺着的，还不是我的亲爱的祖母，十个月前我伴着到普陀登山拜佛清健的祖母，但现在何以不再答应我的呼唤，何以不再能表情，不再能说话，她的灵性哪里去了，她的灵性哪里去了？

九

一天，一天，又是一天——在垂危的病榻前过的时刻，不比平常飞驶无碍的光阴，时钟上同样的一声的嗒，直接地打在你的焦急的心里，给你一种模糊的隐痛——祖母还是照样地眠着，右手的脉自从起病以来已是极微仅有的，但不能动弹的却反是有脉的左侧，右手还时不时在挥扇，但她的呼吸还是一例的平匀，面容虽不免瘦削，光泽依然不减，并没有显著的衰象，所以我们在旁边看她的，差不多每分钟都盼望她从这长期的睡眠中醒来，打一个呵欠，就开眼见人，开口说话——果然她醒了过来，我们也不会觉得离奇，像是原来应当似的。但这究竟是我们亲人绝望中的盼望，实际上所有的医生，中医、西医、针医，都已一致地回绝，说这是"不治之症"，中医说这脉象是凭证，西医说脑壳里血管破裂，虽则植物性机能——呼吸、消化——不曾停止，但言语中枢已经断绝——此外更专门更玄学更科学的理论我也记不得了。所以暂时不变的原因，就在老太太本来的体元太好了，拳术家说的"一时不能散工"，并不是病有转机的兆头。

我们自己人也何尝不明白这是个绝症；但我们却总不忍自认是绝望：这"不忍"便是人情。我有时在病榻前，在凄恻的静默中，发生了重大的疑问。科学家说人的意识与灵感，只是神经系最高的作用，这复杂、微妙的机械，只要部分有了损伤或是停顿，全体的动作便发生相当的影响；如其最重要的部分受了扰乱，他不是变成反常的疯癫，便是完全的失去意识。照这一说，体即是用，离了体即没有用；灵魂是宗教家的大谎，人的身体一死什么都完了。这是最干脆不过的说法，我们活着时有这样有那样已经够麻烦，谁还有兴致，谁还愿意到坟墓的那一边再去发生关系，地狱也许是黑暗的，天堂是光明的，但光明与黑暗的区别无非是人类专擅的假定，我们只要摆脱这皮囊，还归我清静，我就不愿意头戴一个黄色的空圈子，合着手掌跪在云端里受罪！

再回到事实上来，我的祖母——一位神智最清明的老太太——究竟在哪里？我既然不能断定因为神经部分的震裂她的灵感性便永远地消灭，但同时她又分明地失却了表情的能力，我只能设想她人格的自觉性，也许比平时消淡了不少，却依旧是在着，像在梦魇里将醒未醒时似的，明知她的儿女孙曾不住地叫唤她醒来，明知她即使要永别也总还有多少的嘱咐，但是可怜她的眼睛再不能反映外界的印象，她的声带与口舌再不能表达她内心的情意，隔着这脆弱的肉体的关系，她的性灵再不能与她最亲的骨肉自由地交通——也许她也在整天整夜地伴着我们焦急，伴着我们伤心，伴着我们出泪，这才是可怜，这才真叫人悲戚哩！

✝

到了八月二十七那天，离她起病的第十一天，医生吩咐脉象大大地变了，叫我们当心，这十一天内每天她只咽入很困难的几滴稀薄的米汤，现在她的面上的光泽也不如早几天了，她的目眶更陷落了，她的口部的筋肉也更宽弛了，她右手的动作也减少了，即使拿起了扇子也不再能很自然地扇动了——她的大限的确已经到了。但是到晚饭后，反是没有什么显象。同时一家人着了忙，准备寿衣的，准备冥银的，准备香灯等等。我从里走出外，又从外走进里，只见匆忙的脚步与严肃的面容。这时病人的大动脉已经微细得不可辨，虽则呼吸还不至怎样的急促。这时一门的骨肉已经齐集在病房里，等候那不可避免的时刻。到了十时光景，我和我的父亲正坐在房的那一头一张床上，忽然听得一个哭叫的声音说——"大家快来看呀，老太太的眼睛张大了！"这尖锐的喊声，仿佛是一大桶的冰水浇在我的身上，我所有的毛管一齐竖了起来，我们跟跄地奔到了床前，挤进了人群。

这时候床前只是一片的哭声，子媳唤着娘，孙子唤着祖母，婢仆争喊着老太太，几个稚龄的曾孙，也跟着狂叫太太……但老太太最后的开眼，仿佛是与她亲爱的骨肉，作无言的诀别，我们都在号泣地送终，她也安慰了，她放心地去了。她最后的呼气，正似水泡破裂，电光杳灭，菩提的一响，生命呼出了窍，什么都止息了。

十一

我满心充塞了死象的神奇，同时又须顾管我有病的母亲，她那时出性的号啕，在地板上滚着，我自己反而哭不出来；我自己也觉得奇怪，眼看着一家长幼的涕泪滂沱，耳听着狂涕似的呼抢号叫，我不但不发生同情的反应，却反而达到了一个超感情的、静定的、幽妙的意境，我想象看见祖母脱离了躯壳与人间，穿着雪白的长袍，冉冉地上升天去，我只想默默地

跪在尘埃，赞美她一生的功德，赞美她一生的圆寂。这是我的设想！我们内地人却没有这样纯粹的宗教思想；他们的假定是不论死的是高年厚德的老人或是无知无怨的幼孩，或是罪大恶极的凶人，临到弥留的时刻总是一例的有无常鬼、摸壁鬼、牛头马面、赤发獠牙的阴差等等到门，拿着镣链枷锁，来捉拿阴魂到案。譬如我们的祖老太太的死，我只能想象她是登天，只能想象她慈祥的神化——像那样鼎沸的号啕，固然是至性不能自禁，但我总以为不如匐伏隐泣或祷默，较为近情，较为合理。

理智发达了，感情便失了自然的浓挚；厌世主义的看来，眼泪与笑声一样是空虚的、无意义的。但厌世主义姑且不论，我却不相信理智的发达，会得妨碍天然的情感；如其教育真有效力，我以为效力就在剥削了不合理性的"感情作用"，但绝不会有损纯真的感情；他眼泪也许比一般人流得少些，但他等到流泪的时候，他的泪才是应流的泪。我也是智识愈开流泪愈少的一个人，但这一次却也真的哭了好几次。一次是伴我的姑母哭的，她为产后不曾复元，所以祖母的病一直瞒着她，一直到了祖母故后的早上方才通知她。她扶病来了，她还不曾下轿，我已经听出她在啜泣，我一时感觉一阵的悲伤，等到她出轿放声时，我也在房中唏嘘不住。又一次是伴祖母当年的赠嫁婢哭的。她比祖母小十一岁，今年七十三岁，亦已是个白发的婆子，她也来哭她的"小姐"，她是见着我祖母的花烛的唯一个人，她一哭我也哭了。

再有是伴我的父亲哭的。我总是觉得一个身体伟大的人，他动情感的时候，动人的力量也比平常人伟大些。我见了我父亲哭泣，我就忍不住要伴着淌泪。但是感动我最强烈的几次，是他一人倒在床上，反复地啜泣着，叫着妈，像一个小孩似的，我就感到最热烈的伤感，在他伟大的心胸里浪涛似的起伏，我就感到母子的感情的确是一切感情的起源与总结，等到一失慈爱的荫庇，仿佛一生的事业顿时没有了根，所有的快乐都不能填平这唯一的缺陷；所以他这一哭，我也真哭了。

但是我的祖母果真是死了吗？她的躯体是的。但她是不死的。诗人勃兰恩德[1]（Bryant）说：

So live, that when thy summons comes to join the innumerable caravan. Which moves to that mysterious realm where each one takes his chamber in the silent halls of death, then go not, like the quarry slave at night scourged to his dungeon, but sustained and soothed.

By an unfaltering truth, approach thy grave like one that wraps the drapery of his couch, about him, and lies down to

---

[1] 现在一般译作布莱恩特，美国诗人。

如果我们的生前是尽责任的，是无愧的，我们就会安坦地走近我们的坟墓，我们的灵魂里不会有惭愧或悔恨的啮痕。人生自生至死，如勃兰恩德的比喻，真是大队的旅客在不尽的沙漠中进行，只要良心有个安顿，到夜里你卧倒在帐幕里也就不怕噩梦来缠绕。

我的祖母，在那旧式的环境里，到我们家来五十九年，真像是做了长期的苦工，她何尝有一日的安闲，不必说子女的嫁娶，就是一家的柴米油盐，扫地抹桌，哪一件事不在八十岁老人早晚的心上！我的伯父快近六十岁了，但他的起居饮食，还差不多完全是祖母经管的，初出世的曾孙如其有些身热咳嗽，老太太晚上就睡不安稳；她爱我、宠我的深情，更不是文字所能描写，她那深厚的慈荫，真是无所不包、无所不蔽。但她的身心即使劳碌了一生，她的报酬却在灵魂无上的平安；她的安慰就在她的儿女孙曾，只要我们能够步她的前例；各尽天定责任，她在冥冥中也就永远地微笑了。

十一月二十四日

---

❶ 英语，大意为：活下去吧，当你受到召唤，去加入那向神秘的领域行进的无穷无尽的旅行队伍，去死亡的府邸入住的时候，不要像那逃跑的奴隶，在深夜里被鞭子抽着回到他的地牢，而应该是镇定且平静的。因为对真理毫不动摇的信念，你在走近坟墓的时候要像一个去就寝的人，卷好毯子，躺下准备做一夜的美梦。

读与思

　　"隔辈情"往往是更加感人至深，让人终生难忘的，同学们读完诗人的这篇文章，你是否也感受到了亲人逝去的那种凄凉、哀婉、悲痛、无助的氛围，哪些语句最触动你？诗人追忆了和祖母的点点滴滴，祖母对他的慈爱，还有状元糕、蜜枣……当此时的他必须面对祖母的病逝时，他内心是绝望、悲痛、迷惘的，又觉得这未尝不是祖母的解脱，你是否和诗人有共鸣呢？你有过和诗人类似的经历吗？回忆一下，写写你的真实感受。

徐志摩

一个彻底的浪漫主义者

徐志摩，1897年1月15日出生，浙江海宁硖石人，原名章垿，字槱森，留学美国时改名志摩。曾用过的笔名有南湖、诗哲、海谷等。现代诗人、散文家，新月派诗人。

1915年，徐志摩毕业于今浙江省杭州高级中学，先后就读于上海沪江大学（现为上海理工大学）、北京大学。1918年，赴美国克拉克大学历史系就读。入学十个月即告毕业，获学士学位，得一等荣誉奖。同年，转入纽约的哥伦比亚大学研究院，就学经济系。

1921年，赴英国留学，入剑桥大学当特别生，研究政治经济学。在剑桥两年，他深受西方教育的熏陶及欧美浪漫主义和唯美派诗人的影响，这奠定其浪漫主义诗风。

1923年，参与组建新月社，1924年，任北京大学教授。

1926年，任光华大学、大夏大学和南京中央大学（1949年更名为南京大学）教授。1930年，辞去了上海和南京的职务，应胡适之邀，再度任北京大学教授，兼北京女子师范大学教授。1931年11月19日，因飞机失事罹难。

徐志摩的诗集除《志摩的诗》外，还有《翡冷翠的一夜》《猛虎集》及身后陈梦家为之编辑的《云游》。散文集有《落叶》《巴黎的鳞爪》《自剖》《秋》。小说集有《轮盘》。创作的戏剧有《卞昆冈》（与陆小曼合作）。包括日记《爱眉小札》等，译著《死城》《曼殊斐尔小说集》等。他的诗作大都为抒情诗，善于用细腻的笔触表现丰富复杂的情感。语言自然、纯熟，既是地道的口语，又经过艺术的提炼，独具情致。创作的散文较少形式的束缚，更易表现奔放不羁的情感。

徐志摩是一位在中国文坛活跃一时并有一定影响力的作家，他的思想的发展变化，他的创作前后期的不同状况，和当时社会的历史特点相关联。

徐志摩的诗字句清新，韵律谐和，比喻新奇，想象丰富，意境优美，神思飘逸，富于变化，并追求艺术形式的整饬、华美，具有鲜明的艺术个性。他的散文也自成一格，取得了不亚于其诗歌的成就，其中《自剖》《想飞》《我所知道的康桥》《翡冷翠山居闲话》等都是传世的名篇。

人们看待徐志摩及其创作总是把他与新月派连在一起，认定他为新月派的代表作家，称他为新月派的"盟主"。这是因为新月派的形成直至消亡，都与他有着密切的关系。他参与了新月派的整个活动，创作体现了新月派的鲜明特征。从成立新月社到逐步形成一个文学流派——新月派，历时约十年，徐志摩始终起着重要作用。他在我国新诗发展史上曾经产生过一定的影响，为新诗的发展进行过种种试验和探索。

作为那个时代的名人，徐志摩做到了一个普通知识分子能做的一切，他在追求自身幸福生活的同时，也对民族命运有着深刻的思考。

徐志摩年表

- 1897年，生于浙江省海宁县（今海宁市）。

- 1900年，4岁，入家塾读书。

- 1907年，11岁，入硖石镇开智学堂读书。

- 1909年，13岁，冬，毕业于开智学堂。

- 1910年，14岁，入杭州府中学堂（1913年改称浙江一中，现浙江省杭州高级中学和杭州第四中学前身），与郁达夫、沈叔薇等同窗。

- 1911年，15岁，辛亥革命爆发，杭州府中学堂停办，休学在家。

- 1913年，17岁，复学。返校。7月，在校刊《友声》第一期上发表《论小说与社会之关系》。

• 1914 年，18 岁，在校刊《友声》第二期上发表《镭锭与地球之历史》。

• 1915 年，19 岁，夏，中学毕业。1916 年，徐志摩入北洋大学预科，1917 年北洋大学并入北京大学。

• 1916 年，20 岁，春，从上海浸信会学院退学。秋，转入北洋大学法科预科学习。

• 1917 年，21 岁，因北洋大学法科并入北京大学，成了北京大学学生。

• 1918 年，22 岁，长子出生，学名积锴。经张君劢介绍，拜梁启超为师。从上海启程自费赴美留学。途中作《启行赴美文》，铅印赠亲友，述游学之志。

9 月，入美国克拉克大学历史系学习。

12 月，在纽约结识梅光迪、赵元任等人。

• 1919 年，23 岁，在克拉克大学毕业，获该校一等荣誉奖。

9 月，考入哥伦比亚大学经济系，修硕士学位。

• 1920 年，24 岁，9 月，获哥伦比亚大学经济学硕士学位，学位论文题目为《论中国的妇女地位》。

慕罗素大名赴英，罗素已被剑桥大学辞退。

10月，入伦敦大学政治经济学院攻读博士学位。

秋，结识陈西滢，并通过他与英国作家威尔斯（H.G Wells）相识，从此对文学的兴趣日渐浓厚。结识林长民及其女林徽音。冬，张幼仪到英国，夫妇住在伦敦郊外的沙士顿。

• 1921年，25岁，春，被英国学者狄更生推荐到剑桥大学皇家学院当特别生。秋，送夫人张幼仪赴德留学。经英国语言学家欧格敦介绍，与罗素相识。

• 1922年，26岁，次子德生（彼得）生于柏林。

3月，由吴德生、金岳霖作证，在柏林与张幼仪离婚。

由剑桥大学皇家学院的特别生转为正式研究生。

7月，会见英国女作家曼殊斐尔二十分钟，此次会面，影响了徐志摩一生。

8月10日，为追随林徽音，退学启程回国。在船上作散文《印度洋上的秋思》。10月15日抵达上海。

开始创作《志摩的诗》。

秋，应邀为清华文学社作题为《艺术与人生》的英文演讲。冬，在文友会作题为《我对威尔斯、嘉本特和曼殊斐尔的印象》。

- 1923年，27岁，1月，在《努力周报》上发表《就使打破了头，也还要保持我灵魂的自由》一文，对北大校长蔡元培在罗文干案中的立场表示支持。

3月，作诗《哀曼殊斐尔》悼念1月9日在法国逝世的曼殊斐尔。参与组建的"新月社"在北平成立。

4月26日和5月26日，在《努力周报》连载诗话《杂记》。

8月，去北戴河避暑，并作《北戴河海滨的幻想》。接祖母病重电报启程返家。祖母殁，作《我的祖母之死》。

9月，在《小说月报》的泰戈尔专号上发表《泰山日出》《泰戈尔来华》《泰戈尔来华确期》三文和诗《幻想》。

10月28日，作《西湖记》。

冬，张君劢组织成立理想会，拟办月刊《理想》。徐志摩应约作《政治生活与王家三阿嫂》一文。

- 1924年，28岁，年初，在北京筹办《理想》周刊，最后计划失败。

1月，作小说《老李》。

2月，在北京筹备"以魔鬼诗派为中心的拜伦百年纪念会"。诗《自然与人生》在《小说月报》上发表。

4月，泰戈尔抵上海，代表北方学界前往欢迎。泰戈尔访华期间，任随从翻译，陪泰戈尔到北京。

5月，为庆祝泰戈尔64岁生日，北京学界举行祝寿会。

陪泰戈尔赴太原及日本东京。

7月，专程送泰戈尔到香港。离日本前作诗《留别日本》和《沙扬娜拉》。

9月，作诗《毒药》《白旗》《婴儿》等。

11月，作诗《悼沈叔薇》。

秋，任北京大学教授，讲授英美文学和外文。去北京师范大学作题为《落叶》的讲演。主持新月社事务。在新月社的活动中，与陆小曼相识。

12月1日，在《语丝》第三期发表波德莱尔的译诗《死尸》，并作序言。13日，《现代评论》周刊在北京创刊，为主要撰稿人。

* 1925年，29岁，1月，在《京报副刊》发表诗歌《不再是我的乖乖》。

3月，辞去北京大学教授之职，准备去欧洲旅游。受聘为《现代评论》特约通讯员。次子德生（彼得）因病于柏林夭折。到达柏林，得知儿子的死讯，非常悲痛。后于6月作悼文《我的彼得》。

4月，在法国漫游。抵意大利。期间作诗《翡冷翠的一夜》等。

6月中旬，抵法国。

7月上旬，在英国经狄更生介绍，拜会哈代。散文《翡冷翠山居闲话》在《现代评论》发表。散文《莫斯科游记》在《晨报副刊》连载。接陆小曼生病催他回国的电报，月底到北京。

8月，开始记恋爱日记，至9月17日止，后被编入《爱眉小札》。第一本诗集《志摩的诗》自费出版。

9月，诗歌《呻吟语》发表于《晨报副刊》。作诗《"这年头活着不易"》《再不见雷峰》等。

10月，编辑的《晨报副刊》开始出版，首期上发表《我为什么来办，我想怎么办》一文，表明其办刊方针。作《吊刘叔和》一文。

秋，邀泰戈尔再度访华，泰戈尔因故没有成行。诗歌《决断》在《晨报副刊》发表。

在《晨报副刊》发表《守旧与"玩"旧》一文，批评章士钊的复古论调。

12月，散文《巴黎的鳞爪》在《晨报副刊》发表。

林长民死于郭松林、张作霖之战。徐悲痛不已，于次年2月作《伤双栝老人》。

• 1926年，30岁，1月，在《晨报副刊》发表《"闲话"引出来的闲话》。在《晨报副刊》发表《列宁忌日——谈革命》一文，针对曲秋（陈毅笔名）的《纪念列宁》展开讨论。

2月，发表《结束闲话，结束废话》一文，呼吁陈西滢与周作人等论争的双方结束战斗。作散文《我所知道的康桥》。

3月，与闻一多、蹇先艾商量编辑《晨报副刊·诗镌》。为

《晨报副刊·诗镌》作发刊词《诗刊弁言》。

4月，《诗镌》第1期问世。发表诗作《梅雪争春——纪念三一八》。散文《自剖》发表。作散文《再剖》。

6月，诗《大帅》《人变兽》《两地相思》等在《晨报副刊·诗镌》发表。作《诗刊放假》一文。《晨报副刊·剧刊》创刊，任编辑。在创刊号上发表《剧刊始业》一文。散文集《落叶》由北京北新书局出版。

10月，与陆小曼在北京北海公园结婚。辞去《晨报副刊》主编职务，离京南下。住在家乡硖石，打算隐居著书。

12月，为避战乱，抵上海。

• 1927年，31岁，春，与胡适、闻一多、邵洵美等人筹建的新月书店在上海成立。

秋，任光华大学教授，兼任东吴大学法学院教授。

散文集《巴黎的鳞爪》由上海新月书店出版。第二本诗集《翡冷翠的一夜》由新月书店出版。

• 1928年，32岁，春，散文集《自剖》由上海新月书店出版。主编的《新月》月刊正式创刊。发表的《新月的态度》一文，被认为是"新月派"的宣言。同期还发表诗歌《我不知道风是在哪一个方向吹》。与陆小曼合著的戏剧《卞昆冈》在《新月》连载。

夏，出国旅游。先到日本，后去美国。离美赴英。在英国参观了恩厚之创办的农村建设基地，再次激起他在中国进行农村建设的愿望。《志摩的诗》由上海新月书店出版。

秋，作诗《深夜》。离欧赴印。抵印度，在印度期间参观了泰戈尔创办的国际大学和山迪尼基顿农村建设实验基地并在国际大学做演讲。10月下旬，启程回国。作小说《"浓得化不开"（星加坡）》，后发表于《新月》月刊第1卷第10号。在归国海轮上作诗《再别康桥》，后发表于《新月》月刊第1卷第10号。11月上旬，抵沪。

12月，在苏州女子中学演讲，题目为《关于女子——在苏州女子中学讲演稿》，后发表于1929年10月10日《新月》月刊第2卷第8号。

• 1929年，33岁，春，参加南京国民党政府教育部举办的第一届全国美术展览会筹备工作，被推举为筹备处事，并与杨清馨合编《美展汇刊》。先后在汇刊上发表《美展弁言》

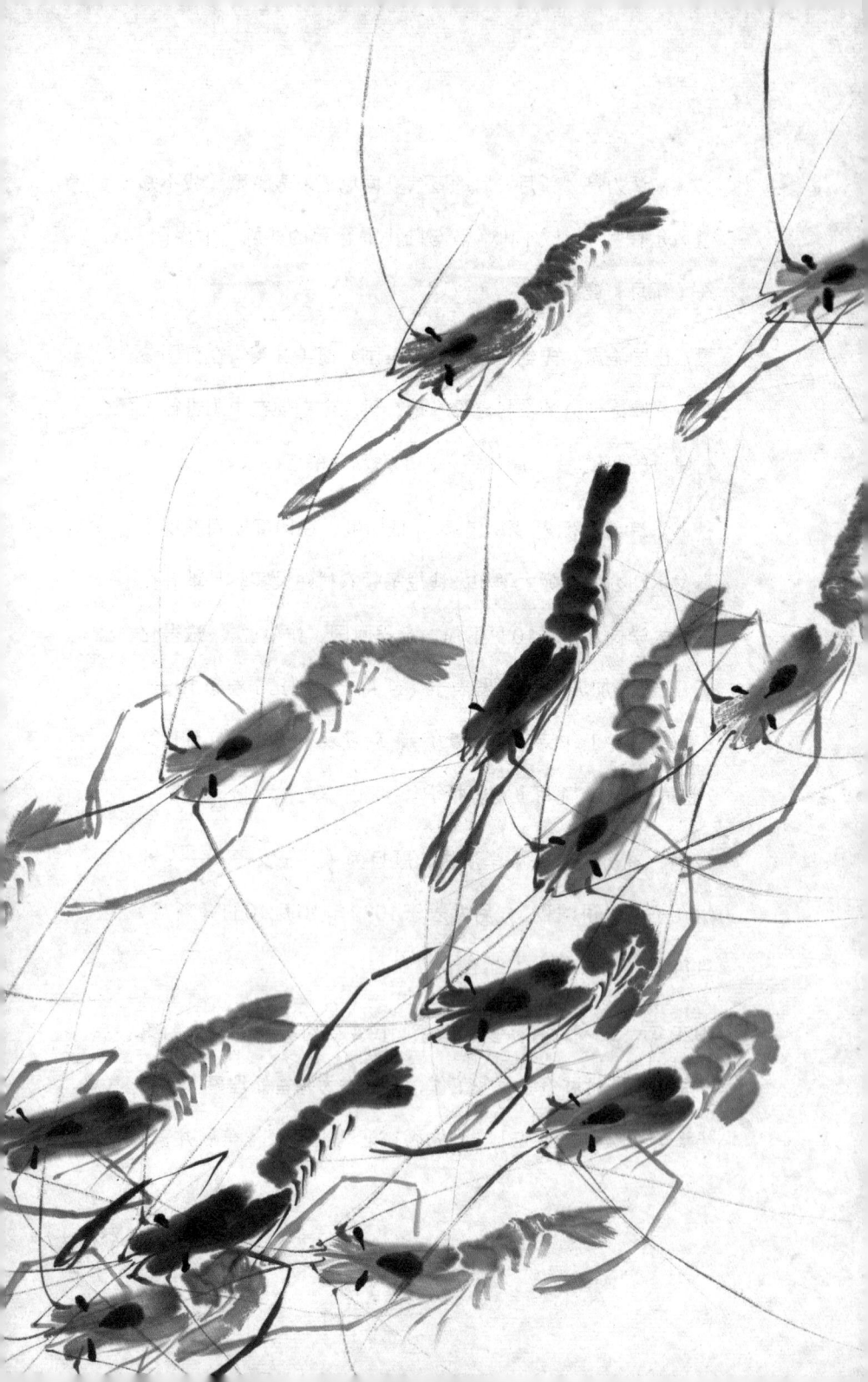

《想象与舆论》《我也惑》等文章。梁启超在北京逝世，徐志摩参加悼念活动，并与胡适、梁思成等积极整理梁启超的遗稿。舒新城主持中华书局，邀徐主持编辑《新文艺丛书》。和杨清馨合编的《美展汇刊》出版。

6月，继续在上海光华大学任教。7月，离开《新月》月刊编辑部，编务移交梁实秋。9月起，在南京中央大学谋得一职，在南京与上海之间辛苦奔波。秋，在上海暨南大学作题为《秋》的演讲。

- 1930年，34岁，1月，和陈梦家、方玮德等青年诗人共同酝酿筹办《诗刊》。

4月，小说集《轮盘》由中华书局出版。秋，辞去南京中央大学教授之职，再拟办《诗刊》。应胡适之邀，到北京大学办校务。

冬，光华大学闹学潮，徐被赶出学校。

- 1931年，35岁，编辑的《诗刊》创刊号问世。

2月，北上北平。任北京大学英文系教授，兼任北京女子师范大学教授。

7月，在上海与邵洵美、罗隆基商量改进《新月》月刊。

8月，《猛虎集》由上海新月书店出版。

11月，由北平抵沪。访刘海粟、罗隆基。乘火车到南京。

11月19日，大雾。林徽音当天晚上要在北平协和小礼堂演讲中国建筑艺术，徐志摩想到场，搭乘中国航空公司的邮政班机"济南"号出发。飞机失事，遇难身亡。终年35岁。